世界のはじまる音がした

菊川あすか

STARTS
スターツ出版株式会社

性格も悩みも得意なことも、
全然違う私たちがひとつの音に出会って、
この世界がはじまったんだ――。

目次

世界のはじまる音がした

プロローグ

たった今、十七年の人生で初めて分かったことがある。

カラオケで熱唱している最中に、店員さんが飲み物を持って部屋に入ってくる瞬間。

それは、個人的に気まずいと感じる状況、ベスト5に入るということ。

しかも、私が普通のカラオケとは違う歌い方をしていたせいで、余計に気まずい。

ノックの音ですぐに歌うのをやめたけど、絶対に聞かれてたよね……。

「お待たせしました」

どんな顔をしていればいいのか分からない私は、とりあえず相手を見ないようにうつむいた。

アイスティーをテーブルに置く店員さんの手が、ちらっと視界に入る。人差し指にはめているシンプルなシルバーの指輪が光った。

「あ、ありがとうございます……」

きっと、変な奴だと思われただろうな。

とにかく早く部屋を出てほしいのに、下げた視線の先に見える赤と黒のいかついスニーカーは、なぜか全然動こうとしない。

もしかして、『ちゃんとカラオケを流して歌ってください』とか、注意されるのかも。

でも、私が〝こういう歌い方〟をしたのは、最初に歌うと決めていた曲がカラオケに入っていなかったから、仕方なく……。

「見つけた」

……え？

今、何か聞こえたような……。

そう思って恐る恐る顔を上げた瞬間――。

「命を救うと思って、あたしのために歌ってくんない!?」

店員さんはいきなりそう言って、私の手を両手でガッチリと握ってきた。

突然の出来事に戸惑いながら瞼《まぶた》を激しく上下させた私は、目を見開いた。

ちょ、ちょっと待って。

この店員さんは……――。

第一章　飛べない羽

靴を履き、玄関の壁に貼ってある鏡で一度全身を確認する。

リボンは曲がっていないし、ブレザーもスカートも大丈夫。ポケットにはハンカチとティッシュもちゃんと入っている。

「よし」

長い黒髪を軽く触ってからドアノブに手をかけようとした時、お母さんが慌てて玄関にやってきた。手には食器を拭く布巾が握られている。

「ちょっと待って美羽《みう》、忘れ物ない？　大丈夫？」

いつもと同じ台詞《せりふ》を言われた私は、いつも通り「大丈夫だよ」と、ぎこちない笑みを浮かべながら答えた。

だけど本当は、こう思ってるんだ……。洗い物を中断してまでわざわざ玄関に見送りに来なくてもいいし、毎日『大丈夫？』って聞いてくる必要もないって。

それを口に出さないのは、言いにくいとか、怒られるのが嫌だからっていうわけじゃない。

ただ、私は思っていることを瞬時に言葉に出すことが苦手で、言おうとするとなぜか詰まってしまうから、言えないだけ。

なんでそうなっちゃうのかは、自分でも分からない……。

「行ってくるね」

ドアを閉めて外の空気を吸うと、少しだけ心が落ち着く。

五月に入った途端、なんだか急に朝の風が暖かく感じられるようになったけど、暑くも寒くもないこの時季が一番好きだ。

晴れ渡る空の下、家の前の道を大通りに向かって歩き、いつもの時間のバスに乗った。

同じ学校の生徒も数人乗っているけれど、親しい友だちがいない私は挨拶することなく手すりにつかまり、ただ窓の外をジッと眺める。

そうして立ったままバスに揺られること十五分。学校に近いバス停に着くと、次々と降車する人たちの波にのることができない私は、今日も一番最後にバスを降りた。

素早く降りられずに、こうしてモタモタしてしまうのはいつものこと。入学から何も変わらない。

バス停がある大通りから一本横道に入ると、すぐに大きな校舎が目に入った。校舎は三つに分かれていて、向かって右側の三階建ての第一校舎に各クラスの教室がある。

うちの学校は一足制なので上履きに履き替える必要はないため、私は人けのない正門を通ってそのまま第一校舎に入った。

三年生の教室がある一階の廊下に、他の生徒の姿がまだないのは、私の登校時間が早いからだ。

万が一、予期せぬトラブルが起こって遅刻したら嫌なので、入学してからずっと、朝は余裕を持って登校するようにしている。

その結果、いつも一番目か二番目、遅くても三番目以内には教室に入っているのだけど、今日は一番だ。

廊下側のうしろから二番目の席に鞄《かばん》を置いた私は、提出するのを忘れないように、クリアファイルから宿題を取り出して机の上に置いた。

授業で使う教科書類は、基本的に学校に置きっぱなしにしてある。でも昨日は勉強のために少し持ち帰っていたので、それを廊下にある自分のロッカーに戻し、一時限目に使うものを取り出した。

「これでよし」

教室に戻って自分の席に座り、あとはスマホを眺めながら授業がはじまるのを待つだけ。

これが、入学から続けている私の朝のルーティーン。

毎日そうするのは、準備が間に合わなくて焦ってバタバタしないための対策。つまり、みんなより行動が遅いと自覚しているからだ。

それを自分なりの努力なんて言うつもりはないけれど、性格上こうすることが一番いいって分かっているから続けているだけ。やらなくて済むならそのほうがいいし、何も考えずにいられたらどんなに楽か。

スマホで天気予報などを見ながら待っていると、少しずつクラスメイトが登校してきた。

ブレザーの代わりに赤いパーカーを着ている金髪男子が教室に入り、黒髪眼鏡男子と軽い挨拶を交わして一番前の席に座った。

続いてスケボーを片手に登校してきた男子はイヤホンをつけていて、曲にのっているのか、少し頭を揺らしている。

「おはよ～」

朝から元気よく声を上げながら教室に入ってきた女子は、真ん中の一番うしろの席に座っている女子とハイタッチをしてから隣の席に腰を下ろした。

席に着いた瞬間、楽しそうに話をしているふたりのカーディガンの色は、それぞれピンクと白。髪型はロングのメッシュと、毛先だけ青く染めたボブスタイル。ふたりともバッチリメイクをしている。

こうして見ると本当に色んな生徒がいるけど、それもこれも、うちの学校がわりと自由だからだ。

着用が許可されているカーディガンやパーカーに指定はなく、好きな色を着ることができるし、指定のリボンかネクタイも好みで選ぶことができる。それから、女子はチェックのスカートの他にスラックスも選べる。ブレザーも、式典など決められた行事以外での着用は自由。

だから、お洒落《しゃれ》な子は自分好みのカーディガンを着たり、日によってリボンやネクタイを変えたり、髪の色も染めたりしている子がほとんどだ。

校則も緩くて、メイクも濃すぎなければ可。髪型や髪色も特に制限なく自由なのは、生徒それぞれの個性を尊重しているかららしい。

とはいえ私はお洒落でもなんでもないから、カーディガンはずっと定番の紺で、髪も染めたことはない。

だって、私がこの学校を選んだ理由は、髪色を変えたいとかお洒落をするためじゃないから。

自由というのは決して楽をしたり遊んだりするためではなくて、自分で考え、選ぶという自主性を育むため。そして、それぞれの個性を受け入れ、伸ばしていくため——。そういう学校の校風に、強く惹《ひ》かれたからだ。

この学校に入学できれば、今までよりも楽になるかもしれない。好きになれない自分の性格も、個性だと捉えることができるかもしれないと、そう思えたから。

だから、受験勉強を頑張って合格できた時は本当に嬉《うれ》しかったんだ。

でも、実際そんなふうに前向きに考えるのは、簡単なことじゃない……。

ため息をつきながら、私は机の横にかけてある鞄にスマホをしまおうと手を伸ばした。するとうしろから歩いてきたクラスメイトとちょうどぶつかってしまい、その勢いでスマホが私の手から離れ、床に落ちた。

「あっ、ごめん」

落ちたスマホを即座に拾い上げ、私の机の上に置いてくれたのは、生徒会長の上村《うえむら》恵茉《えま》さんだ。細いフレームの眼鏡をかけていて、黒髪を低い位置でひとつに結んでいる。

二年の時に同じクラスだったから、上村さんが成績優秀でみんなから頼られている存在だというのは知っているけれど、喋《しゃべ》ったことはほとんどない。

「ごめんね、スマホ大丈夫?」

「……あ、えっと」

上村さんは心配してそう言ってくれたけれど、私は口ごもる。

「恵茉〜、今日の小テストの範囲教えて〜」

他のクラスメイトに呼ばれた上村さんは、「ちょっと待って」と言って、一度逸《そ》らした視線を私に戻した。

「ほんとにごめんね、壊れたりなんかあったら言ってね」

わざと落としたわけじゃないのに、上村さんはもう一度私に謝ってから自分の席に向かった。

ただひと言『全然大丈夫だよ』って言えばいいだけなのに、私の口はそんな簡単な言葉さえスムーズに出してくれない。

スマホを強く握りしめながら、情けない自分に対して心で大きなため息をついた。

希望の高校に入学してあっという間に高校三年生になってしまったけれど、今までより楽になるどころか、結局私は何も変われなかった。

思ったことをうまく言葉にできないし、伝えるのが下手で、何をするにもみんなより一歩遅い。

個性を尊重する自由な学校だとしても、私の場合は個性で片付けることができなくて、だから……苦しい。

服や髪色を変えるみたいに、性格も簡単に変えられたらいいのに……。

「おはよう、美羽」

沈みかけた顔を起こすと、前のドアから教室に入ってきた彩香《あやか》が、アーモンド形の目をこちらに向けて手を振りながら近づいてきた。

私より背が高く、髪を高い位置でひとつに結んでいる彩香は明るい性格で、アイドルに詳しい。それから、もうひとり続いてやってきた小柄な由梨《ゆり》は、読書が好きで頭もよくて真面目だ。タイプが違うように見えるけれど、中学が同じだという彩香と由梨は、とても仲がいい。

そんなふたりとは二年の時から同じクラスで、運動が苦手だという共通点もあるからか、学校の中では唯一よく話をする友だちだ。

「おはよ」

気持ちを切り替えて手を振り返すと、彩香と由梨が私の席の横に立った。

「小テストあるのすっかり忘れてて、さっき上村さんたちが話してるの聞いて思い出したんだけど、最悪だ〜。由梨はやらなくてもできるだろうけど、美羽は勉強した？」

「あー、え、小テストは、あんまり……」

本当は結構頑張って勉強したのに、早く答えようと焦った私の口から咄嗟《とっさ》に出た言葉は、それだった。

「だよね。まーでもなんとかなるか。そんなことよりさ、昨日コンビニで坂口《さかぐち》に会ったんだけど」

「嘘、コンビニって図書館の前の？」

思い出したように言った彩香の言葉に、由梨が聞き返した。

「そうそう！　しかも彼女っぽい子と一緒だったんだけど」

「ほんとに？　私も見たかったな〜」

「中学の時あんなに地味だったのにね」

坂口って誰だっけ？　一瞬考えてしまったけど、どうやら中学の同級生のことらしい。

「ていうか彩香、今のうちにちょっとでもテストの範囲見ておいたほうがいいんじゃない？」

「あー、確かに。坂口とかどうでもいいか」

顔を見合わせて笑ったあと、ふたりは自分の席に戻った。

三人で話していても、私は聞いているだけの場合が多いし、ふたりにしか分からない会話をしている時は正直すごく距離を感じる。

だけど、それでいい。私が入ったところで会話のリズムを壊してしまうだけだし、喋らずに聞いているだけのほうが気持ち的にも楽だから。

他のクラスメイトは校風通り見た目も自由で、性格もみんなバラバラだけど、大きなトラブルなく無事三年生になった。

人付き合いがあまりうまくない私が、こうして平穏に高校生活を過ごせているのは、他の生徒とあまり深くかかわらないようにしているからだと思う。

必要な時以外、喋ることはほとんどないし、そうすれば私の駄目な部分も晒《さら》されることはないから。

「ねぇ、進路調査のやつ書いた？」

「あ～、一応ね」

考えごとをしていたら、斜めうしろの席から会話が聞こえてきた。

「大学？」

「ううん、美容系の専門学校。お金かかるからさ、親に何言われるか分かんないけど」

「でもそのためにバイトもしてるんでしょ？　マジ偉いよ。私は大学進学を考えてるけど、正直この成績で？って、書きながら自分にツッコミ入れたわ」

「うける。でも勉強頑張ってるじゃん」

そんなやり取りが耳に入った私は、眉を寄せて机の上をジッと見つめる。

進路に向けての何気ない会話だけれど、他の子はもう将来のこととかやりたいことを考えているんだって思ったら、酷く情けない気持ちになった。

そろそろ進路もちゃんと考えようと思うけど、考えたところで自分がしたいことなんて何も浮かばない。それよりも、こんな自分に何ができるのかということばかり考えてしまうから、結局答えは出ないままだ。

チャイムが鳴る前の騒がしい教室を見回すと、そこにいるクラスメイトの顔が、なぜかいつもよりいきいきとして見える。

なんだか、自分だけが別の場所に取り残されているような気持ちになった。

彩香や由梨は進路どうするのか、聞いてみようかな……。

一瞬そう思ったけれど、もし『美羽は？』と聞かれたら、私はきっとうまく返せない。

考えに考えたあげく、結局『分からない』と答えるのは目に見えているのだから、何も言わないほうがいい。

再び視線を下げると、担任が教室に入ってきた。

教卓の上に置かれた提出物ケースにみんなが宿題を入れはじめたので、私も宿題のプリントを持って席を立つ。

ほどなくして、チャイムが鳴った――。

「――……それから、美術の課題がまだ終わってない人は、今日の放課後美術室に行って仕上げるように専科の先生から言われてるから、忘れるなよ」

学年主任でもある担任の低い声で、私はハッとした。

そうだ、美術の課題……私、全然終わってない……。

確か彩香と由梨は終わっていたと思うけど、他に居残りをするクラスメイトはいるのかな。まさか私だけ、なんてことはないよね……。

不安に駆られながらも一時限目の授業に集中していると、十分ほど経過してからガラッと音を立てて教室のうしろのドアが開いた。

私を含め、みんなが一斉にドアに視線を向けると、赤とピンクの髪が真っ先に目に入った。その瞬間、ざわついていた教室内が一気にシーンと静まり返る。

薄手の黒いパーカーを羽織った彼女、佐久間楓《さくまかえで》は、スラックスのポケットに手を入れたまま眠そうにあくびをしてから、「はようっす」と呟《つぶや》いた。

多分『おはようございます』と言ったのだと思うけど、それに対して返事をするクラスメイトは誰もいない。それどころか、佐久間さんを見ながら何かコソコソと話しているクラスメイトもいる。

だけど佐久間さんは気にする様子もなく、窓際の自分の席に座った。

「金曜遅刻してくること多くね？　なんかあんのかね」

「さぁ。分かんないけど怪しいよな」

小声で話す男子の会話が、うしろから聞こえてきた。

確かに佐久間さんは三年生になってすでに三回目の遅刻だけど、それだけで怪しいなんて思われるのはちょっと可哀想だ。先生が特に何も言わないということは、ちゃんと遅刻の連絡はしているのだろうし。

そんなことを思いながら、私は佐久間さんから逸らした目線をノートに戻す。

一日の授業が終わると、急いで廊下に出て自分のロッカーの前に立った。授業は終わったけど、居残りがある。

「美羽、美術まだ終わってないんだっけ？」

教科書をロッカーに入れていると、彩香が声をかけてきた。隣には由梨もいる。

「あ、うん、まだなんだ」

「じゃあ教室で待ってるよ」

「えっ、いいの？」

「うん。今日うちら暇だし、終わったら三人で一緒に帰ろう」

その言葉が嬉しくて、思わず頬が緩んだ。

彩香は時々、こうして一緒に帰ろうと誘ってくれることがある。だけど前に一緒に帰ったのは三年生になってすぐ、ちょうど一ヶ月前くらいだったから、三人で帰るのは久しぶりだ。

「ありがとう。えっと、頑張って終わらせるから」

いつになく声を弾ませた私は荷物を持ち、生徒でごった返している廊下を急いで進んだ。

第二校舎の美術室に移動すると、中では数人の生徒が課題の仕上げをしていた。

私だけじゃなくてよかった……と、胸を撫《な》で下ろしている場合じゃない。ふたりが待っているんだから、急いで仕上げなきゃ。

描きかけの画用紙を取り出して準備をした私は、空いている椅子に座った。

課題はデッサンで、美術室にある小道具や風景、なんでもいいから自分が一番興味のあるものを描くというもの。

彩香は確かカゴに入ったフルーツを選んで、由梨は美術室の窓から見える風景を描いていた。

私はというと……最初の美術の授業では何を描けばいいのか分からなくて、考えるだけで終わった。

その次の授業では美術室にある彫刻を描くと決めたけれど、描いては消すことを繰り返し、結局輪郭を描くだけで終わってしまった。

そして三回目でも終わらずに、今こうして居残りをしている。

私が思うように描けなかったのは、この中に興味のあるものがなかったからだ。

誰だか分からない彫刻もまったく興味がないから、手がなかなか進まないのは当然だけど、それでもとにかく描くしかない。

「さっきさ、佐久間さんと至近距離ですれ違っちゃった〜」

彫刻を挟んで私の正面に座っている女子の声に、私は視線を上げた。その高い声と嬉しそうな顔は、まるで好きな人に会った時のようなテンションだ。

「マジ？　なんか喋った？」

「喋れるわけないいじゃん。いつも通り、チラ見して終わったよ」

「なんでよ～、声かければいいのに」

「無理、ハードル高すぎ」

佐久間さんと話したいけどできない、っていうことなのかな。確かに近寄りがたい雰囲気だし、話しかけにくいというのはなんとなく分かる気がする。

と、女子たちの会話に気を取られて手が止まっていることに気づいた私は、焦って再び鉛筆を動かした。

目の前の画用紙だけに集中して丁寧に鉛筆で描いていると、ひとり、またひとりと、課題を終えた生徒が美術室から出ていく。そのたびに、焦って余計にうまく描けなくなる。

そして、ついに最後のひとりが美術室を出ると、私だけが取り残された。

さっきまで聞こえていたはずの鉛筆を走らせる音が止み、代わりに時間を刻む音が耳に届く。

ハッと顔を上げると、居残りをはじめてからすでに一時間以上が経過していた。

「あら、まだやってたの？」

美術室に戻ってきた先生が、私を見るなり目を丸くする。

「あ、す、すみません。もう、終わりました」

本当は全然納得できていないけれど、一応形にはなったから、それを提出して大急ぎで美術室を出た。

真ん中にある第二校舎の二階から一階に下り、渡り廊下を小走りで進んで南側の第一校舎へ入る。そこから、さらに急いで廊下を右に曲がろうとした瞬間——。

「ひゃっ」

角を曲がってきた生徒とぶつかりそうになった私は、小さく声を上げてのけ反り、そのまま体勢を崩して尻もちをついた。

——い、痛い……。

顔を歪《ゆが》めてお尻をさすっていると、

「廊下は走っちゃいけませんって、小学生の時に習わなかったか？」

そんな声が、頭上から降ってきた。

「あ、ご、ごめんなさい」

ジンジンとしたお尻の痛みに耐えながら恐る恐る顔を上げると、目に飛び込んできたのはスラックス。さらに視線を上げると、鮮やかな赤とピンクの髪。

ぶつかりそうになった相手は、佐久間さんだった。

「ご、ごめんなさい。あの、その……」

佐久間さんだと分かった瞬間、さらに焦ってしどろもどろになっていると、目の前にスッと白い手が伸びてきた。

「冗談だから、そんな焦んなよ。ほらっ」

佐久間さんが、伸ばした自分の手をさらに前に突き出す。

こ、これは……握っていいということ？　でも、勘違いだったら恥ずかしいし。

「えっと、その……」

どうするべきか分からずあたふたしていると、佐久間さんが私の前にしゃがみ込んだ。そして、佐久間さんのほうから私の手を取って握り、立ち上がる。

すると、その勢いに私も引っ張られ、まるで糸で操られているみたいに、ひょいと立ち上がることができた。

「気をつけな」

そう言って、佐久間さんは私の頭をポンポンと二回優しく叩《たた》いた。

──……か、かっこいい。

動揺しながらも、ついそんなことを思ってしまった。

「あ、ありがとうございます。その、ごめんなさい」

最後にもう一度謝って頭を下げると、途端に恥ずかしさに襲われた私は、足早にその場を立ち去った。

この胸の高鳴りはなんなのだろう。よく分からないけれど、火が出そうなくらい顔が熱い。

——佐久間楓。

三年で初めて同じクラスになったけれど、彼女のことは前から知っていた。何しろ佐久間さんは目立つから、この学校のほとんどの生徒が、その存在を知っているんじゃないだろうか。

髪の色がとにかくいつも奇抜で、二年の最後は確か白っぽかったと思うけど、三年になったらミディアムのウルフカットが赤とピンクに変わっていた。他にも、青や紫だったこともある。

背の高い佐久間さんの制服は、スカートの時もあればスラックスの時もあって、ネクタイやリボンはつけていない。羽織るものはパーカーが多い印象だけど、髪の色に反してそれはモノトーンが多い気がする。

一度も話をしたことがないのに、よく知っているなと自分でも思うけれど、意識していなくても自然と目に映る。それが、佐久間楓だ。

でも知っているのは見た目だけで、佐久間さんの性格とかは当然ながら何も知らない。

ただ近寄りがたい独特な雰囲気があるからか、みんなあまり話しかけることはなくて、クラスでは少し浮いた存在だ。

なんとなくのイメージで、私は勝手に怖そうだなと思っていたけど、実際は違うのかな。一部の女子には憧れの存在として映っているようだし。

握ってくれた手の温かさと、少しだけほほ笑んでくれた佐久間さんの顔を思い浮かべながら、そんなふうに思った。

どちらにしても、私とは全然違うタイプの人だということに変わりはない。

思わぬ出来事に、ちょっとだけ乱れた気持ちを落ち着かせた私は、二組の前に立った。

そして、待ってくれているふたりを驚かせないように、ドアをそっと開ける。

「ごめん、遅くなっ――」

けれど、教室は不気味なくらい静まり返っていて、彩香も由梨もそこにはいない。

視線を動かすと、私の机の上に紙が置いてあるのが見えた。

重しにしていた消しゴムをずらして、小さなメモ用紙を手に取る。

【時間かかるみたいだから、先に帰るね。ごめんね。また今度一緒に帰ろう】

その言葉を目にした瞬間、私は唇を強く噛《か》んだ。

『常に時間を見て行動するようにしなさい』

お母さんから何度もそう言われてきたのに、集中すると途端にまわりが見えなくなって、ひとつのことしか考えられなくなる。

ふたりが待ってくれていると分かっていたのに、どうしてもっと早くできなかったんだろう。なんで私は、みんなと同じようにできないの……？

メモ用紙を鞄の中に入れた私は、うつむきながら教室を出た。

黒いモヤが広がり、あたり前のように私の心を包んでいく。

友だちと一緒に帰れなかった。たったそれだけのことで孤独を感じてしまうのは、初めてじゃないからだ。こういうことが、小学生の頃から今まで何度もある。

自分だけ準備が遅くて友だちと一緒に帰れない。みんなはとっくに終わっていることでも、私は時間がかかる。給食を食べ終わるのもだいたい最後。

私が話していると、途中で友だちが痺《しび》れを切らして『だから、美羽が言いたいのは〇〇〇っていうことでしょ？』と、私の言いたいことを代弁する。私の喋りが下手で、会話が弾まないからだ。

たとえそれが、私の言いたかったことではないとしても、私は笑って頷《うなず》くことしかできない。『そうじゃないよ』なんて、言えない。

なんで私は、こうなのだろう。どうしてみんなみたいにテキパキ行動できないのか、言いたいことがうまくスラスラと言えないのか。

考えたって答えは出なくて、悩めば悩むほど自分がどんどん嫌いになっていく……。

さっき打ったお尻の痛みはまったく感じないのに、心はすごく痛い。

痛くて痛くて、泣きそうになる。

涙を堪えながら急いで学校を出た私は、バス停に着いてすぐイヤホンを耳につけた。

そしてスマホを操作し、大好きな曲を流す。

一瞬だけ目を閉じると、心地よいイントロが耳に届いた。

春風みたいな優しい声と歌詞が私を包み込み、心の痛みが少しずつ薄れていく。


〝優しく美しい羽は、誰でもない、キミだけのものだから〟

＊

「ただいま」

「お帰り美羽。お母さんに出すプリントあったらすぐ出して、宿題あるならやって、もうすぐテストだから勉強もしなさいね」

学校から帰ると、お母さんが矢継ぎ早にそう言ってきた。しかも、毎日ほとんど同じような言葉を言われる。

「うん、分かった」

だけどそんな私も、毎日こうして同じ言葉を返す。

——しんどいな……。

ため息をつきながら階段を上って、自分の部屋に入った。

制服を脱いで部屋着に着替え、ベッドの上に腰を下ろしてひと息ついてから、鞄を開く。そこから、好きなアニメキャラが描かれているクリアファイルを取り出した。

これは、学校で配られたプリント類を入れておくためのものだ。こうしておけば失くすことはないし、鞄の奥底に放置して提出を忘れるなんてこともない。

ファイル自体を見るのを忘れてしまう時もあるけれど、それは本当にごくたまにだ。

「宿題は数学のプリント一枚だけだからすぐに終わるし、他にやらなきゃいけないこともないよね。あ、でもこれがあった……」

中身を確認しながらひとりごとを呟いた私は、ファイルから一枚のプリントを取り出した。

【第一回進路調査票】

それを勉強机に広げ、ため息をつく。

何を書けばいいのか分からなくて、とりあえず【三年二組・早坂《はやさか》美羽】と、名前だけ記入したプリントを持って部屋を出た。

三年生になってまだ一ヶ月ちょっとなのに希望の進路を書けと言われても、正直分からない。なんて呑気《のんき》なことを言っているのは私だけで、みんなはもう決めているんだろうな。

今日もクラスメイトが進路のことを話していたけれど、進学を希望している人はとっくに受験対策の勉強をはじめているだろうし、専門的なことを学びたい人も、すでに行きたい学校を絞っているのかも。

だとしたら、やっぱり焦る。

「お母さん、ちょっといい？」

一階に下りた私は、リビングの横の和室で洗濯物をたたんでいるお母さんに声をかけた。

「何？」

「これ、配られたんだけど」

プリントを渡すと、お母さんは手を止めて目を通す。

「美羽はどうするか考えてるの？」

聞かれた私は、お母さんから目を逸らして黙り込んだ。

特別やりたいことはないし、なりたい職業もまだハッキリ分からないから、専門学校よりも大学に行って学びながら考えるのが一番いいのかもしれない。だけど、そうなるとお金もかかるし……。

「なんでもいいんだよ？　大学行きたいとか専門学校がいいとか、どこって決めなくてもなんとなくでいいし。あとは、例えばちょっと興味あることとか、将来はこんな仕事したいなとか、そういうのはないの？」

考えていると、お母さんは私が答えを返す前に必ず口を挟んでくる。

そうすると、次に聞かれたことに対してどう答えればいいのかを、もう一度最初から考え直さなきゃいけない。それでまた、私は黙り込んでしまう。

「分からないならとりあえず進学って書いておけば？　お母さんも時間のある時に大学とか調べておいてあげるから」

分からないわけでも困っているわけでもなくて、ただ考えていただけだよ。

頭ではそう思っているのに、口に出しても意味がないと考えてしまう私は、「うん」と頷いた。

「宿題はあるの？」

部屋に戻ろうとした私に、お母さんが聞いてきた。一度背を向けた体を、お母さんのほうに戻す。

「うん、プリントだけ」

「他には？」

「ないよ」

「本当に？　授業で間に合わなかったところとかない？　忘れないうちにやっておかないと」

――だから、ないって言ったじゃん！

心でそう叫びながら、私は「大丈夫だよ」と言って、口元にぎこちない笑みを浮かべた。

「ならいいけど、ちゃんと確認しなさいね。あと、宿題終わったら下りてきてよ」

「うん、分かった……」

お母さんの言うこと全部に頷いて、私はようやく自分の部屋に戻る。何も言わずに頷くことが一番早いし、そうすれば、お母さんを困らせることもない。

プリントを机の上に置いて、私はそのままベッドに横になった。また、自然とため息が出る。

お母さんは私のやることにいちいち口を出してくるけれど、それは私を心配しているからだということはじゅうぶん分かっている。

勉強しろとガミガミ言うわけでもなく、やりたくもない習い事をたくさんやらせるわけでも、いい成績を求められたり、過剰に期待されたりしているわけでもない。いわゆる教育ママ的なことではなくて、ただ少し……だいぶ、心配性なだけだ。

そうなってしまったのは多分、私の性格のせいだと思う。

三つ上の姉、舞衣《まい》は言いたいことをハッキリ言えて、中学でも高校でもよく学級委員を務めていた。運動神経もよくて、クラスでも目立つタイプだった。高校時代の姉の写真を見ると中心にいることが多いし、人気者だったのがよく分かる。

私は、そんな明朗快活な姉とは正反対だ。

小さい頃から話すのが苦手で、分からないことがあっても先生に聞くことができず、言いたいことがうまく言えない子だった。

めちゃくちゃ大人しいというわけではないけど、目立たないタイプ。もちろん、運動も苦手だ。

中学校でも同じように〝目立たない子〟として認識されていた。でも勉強が難しくなって、自分から動かなければならないことが増えるにつれ、他の問題も出てきた。

それは、みんなより一歩行動が遅いということ。面談などでもよく先生に指摘されていた。

先生は『ちょっとゆっくりだけど、丁寧なのはいいことです』と言ってくれたけれど、お母さんは、そんな私が心配で仕方ないのだと思う。

結局中学の面談では最後まで、『行動がのんびり』だと指摘されて終わってしまった。

だから高校生になった今も、お母さんは私のやることすべてに口を出してくる。いいふうに言えば、助言をしてくれるのだ。

お母さんを悩ませてしまうのは私に問題があるからで、お姉ちゃんみたいにできないから、つい声をかけてしまうんだと思う。

私を心配してくれているのは分かるけれど、そういうお母さんの言動が、最近は少しつらいと感じているのも事実だ。

母の口癖は『大丈夫？』で、それを毎日言われるのもしんどい。

テスト前や行事の時、普通の学校生活でも、大丈夫かどうかなんてやってみないと分からないのに、言われるたびに少しだけ息苦しくなる。

ベッドに横になりながらイヤホンをつけて、動画を再生した。

新人歌い手、AME《あめ》の声が耳に流れてくる。

私はAMEの歌声が好きだ。

バラードの時は静かに流れる川のように澄《す》んだ声で、明るい曲の時は小鳥が歌うように楽しい気持ちにさせてくれる。激しい曲の時は正反対で、かっこよくて色気のある声や、がなり声を使い分けたりもする。

本当にひとりの人間の声なのだろうかと疑ってしまうほど、曲によって歌い方を工夫しているところも好きだ。

だからこそ、ひとつひとつ、どの曲も胸にズンと響いてくる。

中でも私が一番好きなのは、『羽《はね》』という曲だ。

自分の名前が美羽だというのもあるけれど、それだけじゃなくて、『羽』を聴いていると落ち着くんだ。

苦しくて沈みそうになる気持ちが、曲を聴いている時だけ、羽が生えたようにふわっと浮いてくれる。

目を瞑《つぶ》った私は、わずかに唇を開き、AMEの曲を口ずさむ。

……それからもうひとつ、私には大好きなものがある。

それは、歌を歌うことだ。

歌うことが好きだと気づいたのは、人付き合いが苦手だと感じはじめた小学校五年生の時。

もともと音楽は好きだったけど、自分の部屋で何気なく歌った時、心の中が光で満たされたような明るい気持ちになれたんだ。

うまく会話に入れなくて置いていかれることも多かった私は、無理に友だちと遊ぶよりも、ひとりで歌っている時のほうがずっと楽しいって思えた。

だけど学校の授業で歌うのは苦手だったし、家族に聞かれるのも恥ずかしい。だから歌うのは、こうしてひとりで部屋にいる時か、お風呂に入っている時だけだ。しかも小さな声で。

それでも、歌っていると心がスッと晴れるんだ。

こんな私だけど、歌が好きだということだけは、自信を持って言える。

第二章　自分の色

今日はやたらと天気がいい。だから最悪だ。

赤とピンクに染めた長い前髪をかき上げて、あたしは窓の外に視線を向ける。

南向きの窓際は一日中暑くて、授業に集中できない。

五月でこれなら真夏は最悪だけど、席替えをしたばかりだから当分はこの席か。

片肘をついたまま睨《にら》むように空を見ていると、数羽の鳥が整列しながら飛んでいた。

白く霞《かす》んだ朝の空の色も好きだけど、徐々に薄くなっている群青色のグラデーションもなかなかいい色だな。

ペンケースの中にある青の色鉛筆で、ノートの隅を塗った。

やっぱアナログだと思った色にならないな。

そんなことを思いながら眉間にしわを寄せ、正面の電子黒板に視線を戻したタイミングで、四時限目終了のチャイムが鳴る。

よし、昼休みだ。腹減った。

購買でパンを買う奴や、食堂に行く奴が急いで教室を出ていく中、あたしも含め、残ったクラスメイトは教室でお弁当を食べる組だ。

一度水道で手を洗ってからまたもとの席に座ったあたしは、リュックから巾着袋とステンレスの黒い水筒を取り出した。

小学生の頃から使っている緑色の巾着袋には、薄い文字で【さくまかえで】と書かれてある。

袋には毎朝自分で握っているおにぎりが入っていて、今日は梅干しと、昨日の夕食でお母さんが焼いた鮭《さけ》のふたつだ。

食べようと思ったけど、やっぱり窓からの日差しがうざい。立ち上がったあたしは、ふたつ前の席でお弁当を食べている女子三人組に近づいた。

「あのさ、カーテン閉めてもいい？」

そう声をかけると、三人はビクッと肩を震わせ、大きく開いた目を見合わせている。

勝手に閉めるのはよくないかなと思って一応声をかけただけなんだけど、そんなに驚かなくてもいいじゃん。

「閉めていい？」

もう一度聞くと、そいつらはあたしを見ることなく頷いた。

「サンキュー」

あたしは彼女たちの邪魔にならないよう、「ごめんな」と言いながらカーテンに手を伸ばした。その間、女子三人は固まったように身動きひとつ取らない。

カーテンを閉めてから自分の席に座り、あたしはようやくおにぎりを頬張った。

けれどその直後、なんとなく視線を感じて顔を上げた。すると、さっきの女子たちが慌ててあたしから視線を逸らし、なんかコソコソ喋っている。

いや、見てたのはそっちなのにリアクションおかしいだろ。あたしと目を合わせちゃいけないルールでもあんのか。目が合ったって、別に石になんかならないよ。なんてくだらないことを思いながらも、別に誰にどう思われようと特に気にしないあたしは、おにぎりを食べながら教室の中を見回した。

女子も男子もふたりから五人のグループに分かれて食べている奴らや、ひとりで食べている奴も数人いる。

で、あたしはもちろんひとり。

気にしたことがないからハッキリとは覚えていないけど、一年の時から多分ずっと、昼食はひとりで食べていたと思う。

絶対にひとりがいいというわけではなく、かといって、本当は誰かと一緒がいいというわけでもない。友だちの存在も同じで、欲しくないわけじゃないし、積極的に作ろうとも思わない。

そうなると過去に何かあったのかと思われがちだけれど、そんなこともまったくない。まぁ、できたらできたでいいなと思っていたけど、三年になっても仲のいい友だちと言える存在はいないままだ。

女子からは、今日みたいにちょっと話しかけただけで謎のリアクションを取られることが多いから、あたしに何かしらの原因があるのかもしれないな。

だけど、それについて悩むなんてことは、もちろんない。

おにぎりふたつをぺろりとたいらげ水筒の水を飲んだあと、リュックからスマホを取り出した。

イヤホンをつけてスマホを操作し、音楽を流す。

机に顔を伏せ、目を閉じた。

早く食べ終わったし、十五分は寝られるな……——。

＊

「今日もマジで助かった。サンキュー佐久間」

長身で髪を赤茶色に染めている西山《にしやま》が、自販機から出てきた缶を投げてきたので、あたしはそれをキャッチした。

「おい、アホか！　炭酸投げんなよ！」

そう言いながら受け取った缶を開けると、プシュッと音は鳴ったものの、噴き出してこなかったのでホッとした。

「やっぱ暑い時は炭酸に限るわ～」

ジュースをひと口飲んだあたしは、満足げに微笑む。

「ジュース一本で手伝ってくれる奴なんて、佐久間くらいだよな」

「ほんと、佐久間だからできることだよな」

中嶋《なかじま》と本橋《もとはし》が目を合わせながら言った。

どういう意味かよく分からないけど、楽器運ぶのを手伝っただけでジュース奢《おご》ってもらえるんだったら、やるだろ。

西山と中嶋と本橋。この三人は軽音部だったのだが、半年前にボーカルが辞めてしまい、今年度になってから廃部。仕方なくバンド同好会として活動しているけど、練習の場である音楽室は大会で好成績を残している吹奏楽部に乗っ取られているようだ。音楽室で練習できるのは吹奏楽部が休みの水曜だけで、他の曜日は第二校舎から第三校舎の空き教室まで楽器を運んで演奏している。

一ヶ月前、階段を往復しながらドラムを運んでいる西山をたまたま見かけた私は、声をかけて運ぶのを手伝った。そしたらお礼にジュースをくれたので、今も時間が合えば時々手伝っている。

もちろん、ジュースを奢ってもらうためだ。見返りがなきゃ、楽器を運ぶなんて面倒なことはしない。

こいつらは学校の中で一番よく話をする存在だけど、つき合いはそのくらいで、もちろん仲良しというわけじゃない。

そういえば、演奏を聴いて率直な感想を述べることもたまにあるけど、あれは何ももらってなかったな。別料金ってことで、次からは感想一回につき購買のパン一個もらうか。一回じゃさすがに高いって言われそうだから、三回で一個のほうがいいかな。

などと考えながら、あたしは空き教室の隅に置いてある椅子に座った。

「そーいや今日さ、また女子からあたしと目を合わせたら終わり選手権みたいなリアクション取られたんだよね」

「なんだよその選手権」

西山の突っ込みに、「知らねぇよ。あたしが知りたいわ」と返す。

「てかあれだろ、お前、避けられてんじゃねーの?」

「え、あたしって避けられてんの?」

「え、知らなかったのか?」

あたしと西山のやり取りに、中嶋と本橋は楽器の準備をしながら笑っている。

「悪い意味で避けられてるわけじゃなくて、要するに自分たちと違うからちょっと怖いってのもあるし、近寄りがたいってことじゃね?」

「近寄りがたいってなんだよ。あたしはいたって普通に、真面目に授業受けてるだけだし」

なんせ話さないんだから、怖がられるようなことだって何もしていない。まぁ、たとえ避けられていたとしても悩むなんて時間の無駄だから、どうでもいいけど。

結局そういう結論に達したあたしは、それ以上考えるのをやめてリュックからタブレットを取り出した。バイトまでの時間、バンドの演奏をＢＧＭに、これで時間を潰すためだ。

演奏がはじまると、あたしはタブレットで動画投稿アプリを開いた。昨日の夜アップした自分のイラスト制作動画を見て、再生回数の少なさにため息をつく。

クラスメイトや女子たちから避けられたとしてもなんとも思わないけど、これはさすがに頭を抱えてしまう。

あたしが描きたいのはリアル調の女の子のイラストで、加えて常識にとらわれないカラフルな色使いが好きだ。

肌の色ひとつとっても、光や影の入れ方によってたくさんの色を使う。女の子の髪型をカラフルな花そのもので表現したり、涙をあえてピンク色にしたり。そういう自由な絵が好きなのだけど……。

そうやって好きに楽しく描いたイラストに限って、動画の再生回数やいいねが少ない。逆に、人気アニメのキャラだったり、ラノべっぽさがある可愛《かわい》いイラストだと再生回数も伸びる。

可愛い絵も好きだし、そういうのがうまい絵師さんは尊敬する。でもなぁ……――。

こんなんじゃ駄目だ。あたしが投稿している動画サイトで収益を得られるのは十八歳からで、あと三ヶ月しかない。それまでにもっと登録者数を増やさなきゃ、稼げないじゃん。

もう一度、今度は「くそっ！」と、思いきり声を上げてからため息をついた。

たまたま演奏を止めていた三人がこちらに視線を送るが、あたしの機嫌が悪いのを察したのか、すぐに目を逸らして見ない振りをした。

十七時まであと十分というところでバンド同好会の練習が終わり、タブレットをリュックにしまう。

そろそろバイトに向かう時間だ。楽器を音楽準備室まで運ぶのを手伝って、その代金として、またジュースを一本もらった。

「んじゃ」

軽く手を上げたあたしは、三人とはそこで別れて教室に戻る。

今日は金曜だからジャージを持って帰るということを思い出し、自分のロッカーを開けてジャージをリュックに突っ込んだ。

二本目のジュースは今日の風呂上がりにでも飲むか。

そう思いながら、手に持っていたジュースもリュックに入れ、廊下を歩き出した。

すると廊下の左側、第二校舎の渡り廊下と交差する曲がり角に差しかかった時、ひとりの生徒が突然飛び出してきた。

あたしは寸前で止まったけど、そいつは体勢を崩したのか、「ひゃっ」と悲鳴を上げて尻もちをついた。

よく見ると、同じクラスの女子だった。

名前は確か……なんだっけ。

分かんないけど、まぁいっか。

「廊下は走っちゃいけませんって、小学生の時に習わなかったか？」

とりあえずそう言うと、思っていた以上にそいつは焦り出した。ていうか、なんかビビってる？

「冗談だから、そんな焦んなよ。ほらっ」

あまりに狼狽《うろた》えていてちょっと可哀想になったので、手を取って立ち上がらせてやった。

その時に顔を見て思い出した。そうだ、名前は確か早坂美羽だ。

「あ、ありがとうございます。その、ごめんなさい」

早坂は、最後にそう言って教室のほうへ逃げるように去っていった。

同じクラスなのになんで敬語なんだと思ったけど、別にどうでもいいか。

ふと視線を下げると、そこには小さなメモ帳が落ちていた。

もしかすると早坂が落としたのかもしれないけど、バイトの時間が迫っているし……。

拾い上げたメモ帳をとりあえず自分のスラックスのポケットに入れて、急いで学校を出た。

バイト先までは学校からバスで二十分、平日の勤務時間は十七時半から二十一時までだ。ちなみに火曜日と水曜日と金曜日で、土曜は朝から十五時まで。

バイトで稼ぐには限度があって、一定の金額を越えないようにシフトを組んでもらっている。本当はもっとガンガン働きたいのに、できないのがもどかしい。

不満を吐き出すように軽く舌を鳴らしたあたしは、到着したバスに乗り込み、空いている席に座る。

……ん？

なんとなく違和感を覚えてポケットに手を入れると、そこにあるメモ帳を取り出した。

そうか、拾ったんだった。ま、週明け学校に行った時に返せばいいか。

何も考えずにメモ帳をパラパラと捲《めく》った瞬間、とある文字があたしの目に飛び込んできた。

これって……。


〝弱くてもかまわない、怖くても大丈夫〟

〝好き。それだけで、輝ける〟

〝優しく美しい羽は、誰でもない、キミだけのものだから〟


「……AMEじゃん」

思わず小声で呟いてしまった。

AMEは、最近動画配信をはじめた新人歌い手だ。

あたしがAMEの歌を聴いたのは本当にたまたまだったけど、一曲聴いただけですぐに好きになった。

歌声はもちろんだけど、特にAMEの書く歌詞があたしは好きだ。それと、歌にのせて流れるイラストも。

あたしが得意とするリアル調とは違って、線がハッキリしていてちょっとアメコミっぽい感じがかっこいい。誰が描いているのか分からないけど、勉強になる。

動画には曲に合わせたイラストだけが流れるため、AME本人の姿は一切なく、もちろん顔も年齢も不明。歌声から恐らく女だということ以外は何も分からない。

でも顔出ししていない歌い手なんて山ほどいるし、性別とか顔とかそんなことはどうだっていい。あたしがＡＭＥの動画に元気をもらっているということは、確かなんだから。

つーか、早坂もＡＭＥが好きなのかな。歌詞をわざわざ書くくらいだから、好きなんだろうな。

メモ帳を再びポケットにしまって窓の外を見ながら、思った。

まだ新人だからか、再生回数も登録者数もそんなに多くはないのに、同じ学校の中で同じようにＡＭＥを推している奴がいるなんて、ちょっと意外だ。なんせ音楽好きのバンド同好会の三人も知らなかったわけだし。

だけどＡＭＥはきっと、これからとんでもなく人気になるだろうと私はふんでいる。ただの勘だけど。

そんな新人歌い手に目をつけているのがあたしだけじゃなかったっていうのは、ちょっと嬉しいかも。

早坂か。あいつ、結構センスいいじゃん。

耳に流れてくるＡＭＥの曲を聴きながら、あたしは少しだけ口角を上げた。

＊

暑かった昨日よりも、今日はさらに気温が上がるらしい。といっても朝七時の空気は湿気もないし、まだ心地いいと感じられる。

洗濯機を回してから窓を開けたあたしは、タイマーで炊いておいたご飯でおにぎりをつくり、ラップをしてメモを置く。

【起きたら食べろよ】

洗い物をして、静かに床の埃《ほこり》を掃除している間に洗濯機がピーピーと音を鳴らしたので、それをベランダに干してから身支度をはじめた。

あたしの家は、年季の入った昭和感満載なアパートの二階だ。部屋は一応三つあるけど狭い。

家族は母親と小学五年の弟、柊《しゅう》の三人。あたしが小学校に上がる前に両親が離婚して以来、母は女手ひとつであたしたちを育ててくれている。

当然金に余裕はないから贅沢《ぜいたく》はできないけど、食べるのもままならないほどではない。それもこれも、母が一生懸命働いてくれているおかげだ。

母に負担をかけないよう、小学生の頃から自分でできることは自分でやるようにしてきた。だけど今は、家族に迷惑をかけないように、あたしがもっとお金を稼がなきゃいけないと思っている。

だからこそ動画配信で成功したいのに、現実はそんなに簡単じゃない。

お金を稼ぐことは、あたしにとって切実で重要な問題だ。焦ってどうにかなるわけじゃないけど、もっと再生回数を伸ばせる方法を考えないとな。

ダイニングの隣にある和室の襖を開け、夜勤明けで眠っている母を見ながら改めてそう思った。

家を出る前、ベランダ側にある四畳の部屋を覗《のぞ》くと、いびきをかきながら寝ている弟の姿に、あたしはクスッと笑った。

布団に対して体が真横になっている。すごい寝相だな。

蹴散らかしている薄いタオルケットを弟のお腹にかけ直してから、戸締まりを確認して家を出た。

「あ、おはようございます」

「楓ちゃん、おはよう」

大家のおばあちゃんが、アパートの前を箒《ほうき》で掃いていた。

「バイト頑張ってね」

このアパートに越してきたのは、あたしが高校生になる時だった。それまでは通学路に田んぼがあるような田舎に住んでいたけど、わけあって東京の高校を受験したからだ。

ここに住んでもう三年目なので、毎週土曜は朝からバイトだということを、大家さんも知っている。

「はい。行ってきます」

軽くお辞儀をしたあたしは、アパートの駐輪場から取り出した赤い自転車にまたがり、バイト先に向けて走り出した。

家から学校まではバスで三十分かかるから、平日はそのままバスでバイトにも行くけど、家からだと自転車で行くほうが断然早い。

少しでも節約できるように、本当は学校にも自転車で通いたい。だけど、母にそれだけは絶対に駄目だと言われ、バス通学をしている。

自転車だと四十分はかかるから疲れるし、色々心配なんだろうな。まぁ、そういう母の気持ちを押し切ってまで自転車で行きたいというわけではないから、いいけど。

なるべく人通りの少ない道を選びながら、鼻歌交じりに自転車を走らせること十分で駅前に到着。

バスのロータリーから一本道路を渡った場所にあるビルの横に、自転車を止めた。

時刻は八時四十五分。勤務時間は九時からなので、十五分早く着いた。

家族にかんすること以外は超適当なあたしだけど、こう見えて時間だけはきっちり守るタイプだ。

「おはようございまーす」

挨拶をすると、長い髪をポニーテールに結んでいる二歳上の先輩が、「おはよう佐久間さん」と返してきた。先輩は大学生なのだが、土日だけバイトをしている。

あたしのバイト先は、ビルの中に入っている小さなカラオケＢＯＸ。しかも普通のカラオケではなく、ひとりカラオケ専用のお店。とはいえ、料金を支払えばふたりまでなら利用可能だ。高校生になってすぐにアルバイトをはじめたので、もう三年目になる。

いつものように私物をロッカーにしまい、黒いエプロンと黒いマスクを装着して店に出た。

平日朝は学校や仕事があるからか、カラオケの利用者数はそこまで多くないけど、休日や平日の夕方以降は予約も多いし部屋も結構埋まる。

このバイトをしてから、ひとりで歌いたいという人が想像以上に多いということを知ったけど、あたしもカラオケに行けと言われたら絶対にひとりカラオケを選ぶだろうな。歌は苦手だから、仕事以外で足を踏み入れることは一生ないだろうけど。

今日の予約状況をカウンターのパソコンで確認すると、オープンの九時からは八部屋中六部屋が予約で埋まっている。

休日の朝からひとりで歌いに来るなんて、好きじゃなきゃできないだろうな。

そう思いながら先輩と一緒に客の入店を待っていると、開店五分前に三人の客がそれぞれ入ってきた。先輩が受付を担当し、あたしが注文されたドリンクなどを奥のキッチンから部屋へと運ぶ。

最後に入店した六人目の客にドリンクを持っていったあたしは、ノックをする寸前で手を止めた。

中から、歌声が聞こえてきたからだ。

カラオケなのだから歌うのは当然だけど、そうじゃない。一瞬アカペラで歌っているのかと思ったけど、メロディーもかすかに聞こえてくる。

恐らく、カラオケの機械ではなくスマホかなんかで音を流して、それに合わせて歌っているようだ。

しかも、驚くべきことにAMEの曲だ。

しかも、めちゃくちゃいい声で。

なんだろう、AME本人とはもちろん違うけど、これはこれでありじゃん。というか、こっちの歌声も好きかも。

透き通るような高い声がAMEのバラードとよく合っていて、なんか、心臓がドキドキする。

不思議な感覚に陥ったあたしの脳裏に、AMEの動画がよぎった。

イラストと……歌……――。

雷に打たれたかのようにハッと目を見開いたあたしは、ドアをノックし、「失礼します」と声をかけて中に入った。

「お待たせしました」

いつも通り声をかけると、客は歌うのをピタリとやめ、座ったままうつむいている。

あたしは、客の近くにアイスティーを置いた。

「あ、ありがとうございます……」

客はこっちを一切見ることなく、蚊《か》の鳴くような声でそう告げた。

Tシャツに薄いカーディガンを羽織った若い女の子だけど、どっかで見たことがあるような……。

客を凝視していると、あたしの脳内で〝ピコン〟と閃《ひらめ》くような音が鳴る。

知らない相手でも、駄目もとでとりあえず声をかけてみようかと思っていたけど、こんな偶然あるんだな……。

これは、ますます都合がいい。

あたしは黒いマスクの下で、ニヤリと口角を上げた——。

第三章　推しが繋いだ不思議な縁

勇気を振り絞って予約ボタンを押したのは、昨日の夜だった。

私が美術の課題を終わらせるのが遅いせいで友だちを待たせてしまい、あげく一緒に帰れなかった昨日は、いつも以上に気持ちが晴れなかった。

ＡＭＥの曲を聴いて落ち着いたものの、思い出すと沈んでしまう。それを何度か繰り返しても変わらなかったから、気分転換にお風呂に入り、湯船につかりながら歌った。でも、それでも駄目だった。

意を決した私は、お風呂の外に聞こえないようシャワーを出して歌ってみた。いつもみたいな小さな声じゃなくて、腹の底から嫌なことすべてを追い出すみたいに。

すると、こびりついてなかなか離れなかった不安とか悲しみが歌声と共に吐き出され、胸の中に広がっていた暗い気持ちが少しずつ剥《は》がれ落ちていくような感覚になった。

お風呂を出て部屋に戻った私は、何かに導かれるように慌ててスマホでカラオケ店を検索した。しかも、普通のカラオケじゃなくて、おひとり様専用のカラオケ店だ。

私は歌が大好きだけど、実は一度もカラオケに行ったことがない。何度か誘われたことがあるけど、マイクを握って人前で歌うなんて考えられなかったから。

だけど高校生になった頃、私は知ってしまったんだ。ひとりで行ってひとりで歌える、ひとり専用のカラオケ——ひとカラというものがあるということに。

それでも二年以上踏み出せなかったのは、勇気がなかったというのもあるけれど、歌えれば場所はどこでもいいし、マイクも必要ないと思っていたからだ。

でも、大声で歌うのがこんなに気持ちいいなら、カラオケだとどうなるんだろう。悩みとか不安とかそういうのが全部、吹っ飛んでくれるんじゃないか。

お風呂で思い切り歌うことの爽快感を覚えた私は、そう思った。

だから人生初のカラオケを、ひとカラを予約した……のはいいのだけれど。

いざ本当にその場にやってきたら、なんだか急に不安になってきた。

カラオケが入っているビルを見上げながら、ため息をつく。

ひとりでカラオケなんて、友だちがいない奴だと思われないかな。高校生が土曜の朝いちでカラオケなんて、変に思われないだろうか。

そんな考えばかりが浮かんでしまい、なかなかビルの中に入れない。

でも予約は九時だから、少し前には行かなきゃ。というか、ひとり専用のカラオケなんだから、ひとりで行って変に思われることなんてないはず。

斜め掛けのショルダーバッグの紐を強く握りしめて中に入った私は、エレベーターで三階に上がる。自動ドアには【ひとカラ】の文字。

みんなひとりで来てる。ここはひとりで来る場所なんだ。

そう言い聞かせてカウンターの前に立った。そして、スマホの予約画面をポニーテールの店員さんに見せる。

「はい、ご提示ありがとうございます。一時間のご利用ですね。本日ワンオーダー制となっておりますので、お飲み物などお部屋から注文お願いします。お部屋は六番になります」

「あ、はい……」

テキパキと慣れた様子でマイクやリモコンが入ったカゴを渡された私は、通路を進む。思ったよりも狭い店内には、八つの部屋があるようだ。

言われた通り、恐る恐る六番の部屋に入った私は、カゴをテーブルの上に置き、二人掛けのソファーに座って「はぁ……」と息を吐いた。

四畳ほどの狭いスペースには、カラオケ画面と小さいテーブルとソファーが置かれている。

テーブルの上にあるタブレットでアイスティーを注文してから、カラオケの曲名を検索してみた。だけど、AMEの曲は入っていない。

やっぱりなかったか……。

残念だけど、入っていないならそれはそれで仕方ない。でも、初めてのカラオケの記念すべき一曲目は、絶対にAMEの曲を歌いたい。

そう決めていた私は、スマホを操作して曲を再生した。

たとえカラオケから曲が流れなくても、マイクがあれば歌える。

私はマイクを握り、目を閉じた。

歌詞は全部覚えているから、見なくても平気。

聞き慣れたイントロのあと、静かに息を吸い、優しく吐き出すように歌いはじめた。

いつも見ているＡＭＥの動画のイラストが、頭の中に流れてくる。

自分の口から発せられる声が、狭い部屋の壁にぶつかって、自分の耳に届く。

自分の声なのに、そうじゃない気がして、不思議だ。

マイクなしで歌うのと、全然違う。

心が弾んで、気持ちが軽くなる。

誰の目も気にせずに思い切り歌うことが、こんなに楽しいなんて思っていなかった。

こんなに楽しいなら、もっと早く勇気を出していればよかった。

「きみにい――」

と、歌っている途中で部屋をノックする音が聞こえ、私はすぐさま歌うのをやめた。

「お待たせしました」

そうだ。ドリンクを注文していたんだった。

届いてから歌いはじめればよかったと後悔しても、もう遅い。私は店員さんから隠れるようにうつむいた。

「あ、ありがとうございます……」

きっと、変な奴だと思われただろうな。

とにかく早く出てほしいけれど、下げた視線の先に見える赤と黒のいかついスニーカーは、なぜか全然動こうとしない。

もしかして、『ちゃんとカラオケを流して歌ってください』とか、注意されるのかも。

でも、私が〝こういう歌い方〟をしたのは、一番最初に歌うと決めていた曲がカラオケに入っていなかったから、仕方なく……。

「見つけた」

……え？

今、何か聞こえたような……。

そう思って恐る恐る顔を上げた瞬間――。

「命を救うと思って、あたしのために歌ってくんない!?」

店員さんはいきなりそう言って、私の手を両手でガッチリと握ってきた。

「えっ!? あの、その……」

突然の出来事に戸惑いながら瞼を激しく上下させた私は、目を見開いた。

ちょ、ちょっと待って。

この店員さんは……。

「さ、佐久間、さん……？」

目の前で私の手を握っている、赤とピンクの綺麗《きれい》な髪色の店員さんは、

「当たり」

と言って、つけていた黒いマスクを下げた。

「もう一回言うけどさ、命を救うと思って、あたしのために歌ってほしいんだ」

「いや、あの、命……って、えっと」

そう言われても、私の歌に命を救うような力はない。

佐久間さんが何を言っているのか分からなくて、頭の中はめちゃくちゃだ。

ただでさえ喋るのが苦手なのに、混乱して余計に言葉が出てこない。

黙ってうつむくことしかできないでいると、佐久間さんが隣に腰を下ろし、私の肩に手を回した。

ちょっと待って、まともに話したこともないのに、めちゃくちゃフレンドリーすぎない!?　佐久間さんて、こういう人だったの？

「ごめんごめん、いきなりそんなこと言ったってわけ分かんないよな。とりあえずさ、もう一回歌ってくんない？　アカペラでいいから」

絶対無理！　人前で歌えないから、こうしてひとカラに来てるのに。真横で聴かれ

ている状態で歌えるわけない。

ていうか、距離が近すぎる……。いきなりこんなふうに接してくる人は今までいなかったけど、ちょっと……無理かも……。

私はさりげなくお尻を動かし、少しだけ佐久間さんから離れた。

歌うことは絶対にできないけど、でも、なんて返せば佐久間さんを怒らせないで済むだろう。

そうやって必死に考えても何も浮かばず、結局黙り込んでしまった。

「とりあえず今仕事中だからさ、考えといて！」

だけど、佐久間さんが店員だったことが唯一の救いだ。もし客として来ていたなら、歌うまでずっと隣に座られていたかもしれない。

それだけならまだしも、黙っているだけの私にイライラして、怒られたり切れられたりする可能性だってあった。そんなの想像しただけでゾッとする。

「じゃあ、ごゆっくり～」

佐久間さんが部屋を出た瞬間、緊張による疲れがどっと押し寄せてきた。

ごゆっくりなんて、できるわけない……。

佐久間さんがいつまた部屋に入ってくるか分からなくて、気が気じゃない。

動揺を引きずったまま、歌わずにただタブレットを操作しているうちに三十分が経過した。

佐久間さんは仕事があるし、ドリンクも食べ物も頼んでいないから、部屋に来ることは多分もうないよね。

ドアのほうを気にしつつ、私はようやくカラオケを再開した。

今度はちゃんとカラオケの機械で音を流して、好きなボカロ曲を歌う。ＡＭＥも好きだけど、ボカロも好きだ。

なのに……一曲歌い切った私は、ため息をついた。

全然駄目だ。思った以上に動揺しているみたいで、歌に気持ちが入らない。

曲検索はしてみたものの、結局何も歌う気になれないまま、退出の時間になってしまった。

せっかくの初カラオケだったのに、二曲で終わりか……。しかも、どちらもまともに歌えてないし。

だけど、問題はこれからだ。

マイクなどが入ったカゴを持って立ち上がった私は、深呼吸をする。

支払いは済ませてあるけど、カゴを返さなきゃいけない。つまり、店員さんと対峙《たいじ》することになる。

ポニーテールの店員さんだったらいいなと思いながら、恐る恐る受付に向かったけど、遠くからでもあの髪の色はとっても目立つ。そこにいるのが佐久間さんだと気づき、私は肩を落とした。

でもまだ仕事中だし、他にも来店している客がいるから、さっきのように手を握って懇願されるようなことはないはず。

うつむきながらカゴを受付に置くと、カウンターの上で佐久間さんが私に何かを差し出してきた。

「これ、あんたのだろ？　昨日尻もちついた時に落としたみたいだけど」

それは、制服のポケットにいつも入れている小さなメモ帳だった。

今日は学校が休みだから、なくなっていることに気づかなかったけど、あの時落としていたんだ。

「あ、ありがとう……」

「ていうか土日の朝から歌いに来るなら、学生早朝割っていって二時間パックのこっちのほうが断然お得だぞ」

佐久間さんは、受付に置いてある料金表を指差しながら教えてくれた。

「そう、なんだ。あの、ありがとう……ございます……」

軽く頭を下げると、佐久間さんは笑顔で……というより、ニヤリと口角を上げて私を見ている。だから私は、反射的に視線を下げた。

「メモ帳に連絡先書いておいたから、さっきの話、考えといて」

——……えっ？

驚きすぎて、声が出ない。

「ご利用ありがとうございました～。次にお待ちの方、どうぞ」

反論する隙を与えないかのように佐久間さんがそう言うと、待っていたお客さんが受付に近づいた。その場から離れるしかない私は、追いやられるように店を出る。

エレベーターに乗る前に一度振り返ると、佐久間さんの姿が目に入った瞬間、自然とため息が漏れた。

記念すべき初カラオケが、まさかこんな展開になるなんて……。

学校では喋ったこともないし、挨拶さえ交わしたこともないのに、なんで連絡先？どうして私なの？

こんなことになるなら、カラオケなんて来なければよかったかも……。

家に帰ると、お姉ちゃんは大学で、お父さんは仕事。お母さんは買い物に行っていて誰もいなかった。

朝出かける時、お母さんには図書館に行くと嘘《うそ》をついた。本当のことを言ったら『なんでひとりなの？　友だちは？　友だちと行けばいいのに、大丈夫なの？』と、心配する言葉をかけてくるのは分かっていたから。

朝から色々と詮索されて心配されると正直滅入ってしまうから、これは必要な嘘だと思っている。

部屋着に着替えてベッドに座った私は、佐久間さんから渡されたメモ帳を鞄から取り出した。

学校からの連絡事項があった時に、忘れないようメモを取ったりするだけのものだけど、ここにはＡＭＥの曲の歌詞も少し書いてある。

なんとなくやるせない気持ちになった時とか、授業中に歌詞を書くだけで、少し落ち着くから。

見られたところで困ることはないし、ＡＭＥの歌詞だなんて気づく人は、そうそういないだろう。

改めてメモ帳に視線を落とすと、黄色い付箋《ふせん》が貼ってあることに気づいた。

付箋は三枚あって、ついているのはすべて歌詞が書いてあるページだった。

一枚目の付箋には【これ、あたしの】という文字と一緒に、メッセージアプリのアカウントＩＤと電話番号が書かれている。

続いて二枚目の付箋には何かのＵＲＬと、【怪しくないから暇な時にでも見て、どれが好きか感想を聞かせてほしい】と書かれていた。

そして三枚目の付箋には……。

【AMEの歌詞、最高だよな】

その言葉を見た瞬間、私は思わず「えっ⁉」と声を上げてしまった。

つまり、佐久間さんはAMEを知っているんだ。

自分とは全然違うタイプだし、一生かかわることなんてないと思っていたけど、まさか共通点があるなんて。しかもそれがAMEだということに、酷く驚いた。

なんというか、とても複雑な気持ちだけれど、ひとまず二枚目に書かれていたURLをスマホで検索してみた。

すると、出てきたのは数枚の綺麗なイラストだ。雰囲気がすべて違うから、それぞれ別の人が描いたものなのかもしれない。

感想が欲しいみたいなので、十枚あるイラストをひとつひとつ拡大してじっくりと見たあと、一枚目の付箋を手に取る。

どうするべきか悩んだけれど、拾ってもらったお礼はちゃんと言いたい。あんな小さな声で言った『ありがとう』なんて、そもそも聞こえていたかどうかも分からないから。

それに、何も返さないまま週明け学校で顔を合わせるのは、正直気まずいし。

佐久間さんのＩＤを登録すると、【楓】というアカウントが出てきた。アイコンは、女の子の綺麗なイラスト画像だ。フリー素材か何かだろうか。

ひとまずお礼と、要望通りイラストの感想を伝えるため、慎重にメッセージを打った。

【早坂美羽です。メモ帳を拾ってくれて、ありがとうございました。あと、カラオケの料金についても、お得な情報をありがとうございます。

イラスト見ました。どれも素敵だと思ったけど、個人的には三枚目と五枚目が特に好きです。三枚目の女の子は、アニメっぽい可愛さがあって、好きです（何かのアニメキャラでしょうか）。

五枚目は、とにかく色使いが美しくて、女の子の髪の毛も一本一本とても繊細に描かれていて、このイラストが一番好きだなと思いました。感想、下手ですみません】

送信したあと、三枚目の付箋をもう一度見た私は、少し考えて再びメッセージを打った。

【あと、佐久間さんはAMEを知っているんですね。私のまわりには知っている人が誰もいないので、嬉しいです。AMEの歌は、私の心の支えなので】

声に出そうとするとうまく言えないのに、文字だと簡単に自分の気持ちを伝えられるのは、相手の存在が近くにないからなのかな。

面と向かって話すとなると、相手のリアクションがもろに見えてしまうから焦るし、あれもこれも余計なことを考えてしまって、言葉を出すまでに時間がかかる。だから、いいことなのか悪いことなのかは分からないけれど、メッセージやSNSだとそれがないぶん少し楽だ。

佐久間さんからメッセージが返ってきたのは、それから三時間後。買い物から帰ってきたお母さんと一緒にお昼ご飯を食べて、勉強をはじめようと机に向かった時だった。

【今日は突然驚かせちゃってごめん。まさか同じAME推しがクラスにいるなんて思わなかった。マジで、それが今年一番の驚きだったよ】

「同じAME推し……これって、推し仲間ってことかな……」

そんな仲間、今までいたことない。私がAMEを好きだということは誰も知らないんだから、当然だ。

推し仲間ができたかもしれないと思うと素直に嬉しいけど、それが自分とまったくタイプの違う佐久間さんだということには、正直ちょっと戸惑う。

どうするべきか答えが出ず、なかなか返せずにいると、再びメッセージが届いた。

【あと、早坂さんが好きって言ってくれた三枚目と五枚目のイラストは、あたしが描いたんだ】

「えっ!?」

スマホを見ながら声が出た。

あの美しいイラストは、佐久間さんが描いたの？

いつも自分のことで精一杯だから、美術などで描いたみんなの作品をじっくり見る余裕なんてなかった。だから、佐久間さんが絵を描くのが得意だということも気づかなかった。

【すごいです。あんなに綺麗なイラストを描いたのがクラスメイトだなんて、本当にすごい。プロだと言われても不思議じゃないくらい上手です。本当に驚きすぎて、なんだかドキドキが止まりません】

驚いた勢いそのままに、私は思ったことをストレートに伝えた。

【ありがとう。褒め上手だな、笑。ていうか、あたしも同じだよ。早坂さんの歌声を聴いた時、ドキドキした。うまく言えないけど、心に響いた。だから一度でいい、改めて話を聞いてほしいんだ】

誰にも聞かせたことのない歌声。それを佐久間さんが褒めてくれたことは本当に嬉しいけど、私と話したって楽しいわけない。

彩香や由梨とでさえテンポよく喋れないのに、佐久間さんに何か聞かれてもちゃんと答えられる自信がない。会話だってきっと弾まないし、無駄な時間だったと思われるに決まってる。

そう思った時、さらに続けてメッセージが届いた。

【AMEの話もしたいし、もし明日予定なければ会えない？】

「AMEか……」

そう呟いた私は、また少し考えてから佐久間さんに返事を送信した。

【歌を褒められたのは初めてなので、嬉しかったです。分かりました】

AMEの話ができると思うと胸が高鳴るのは本当だけど、一番は、断るための理由が思い浮かばなかったからだ。

この先一生会わないような人なら何も考えずに断るけど、佐久間さんとは学校で毎日顔を合わせる。だから、気まずくならないためにも一度だけ会おう。

会えばきっと、私と話してもつまらないってことに気づいて、もう二度と誘われたりしないだろうから。

第四章　利害関係成立

勢い余って唐突にお願いしてしまったが、早坂は氷みたいに固まっていたな。

まぁ、そりゃ驚くよな。あの歌声に感動して、つい手を握っちゃったけど、もう少し慎重に考えるべきだった。

付箋を見て、なんかしらリアクションしてくれたらいいけど……。

バイトの昼休憩。狭い休憩室にはテーブルと椅子がふたつ置かれていて、テーブルの上には雑誌と飲みかけのペットボトルがある。先輩のだろうか。

椅子に座ったあたしは、今朝握ったおにぎりをほおばりながらスマホを操作した。すると、噂《うわさ》をすればなんちゃらというやつか、知らないアカウントからメッセージが届いていた。でも、名前が【美羽】なのですぐに早坂だと分かる。

「おっと、長文だな」

普段あまりメッセージのやり取りはしないから、表示された文字列を見て呟いた。だけどその直後、書かれている文章を読んだあたしは、思わずニヤリと笑みを浮かべてしまった。

「一番好き、か……」

なんだよ、嬉しいこと言ってくれるじゃん。

色んな作風のイラストをあえて見せてみたけど、早坂が選んでくれたふたつは、どちらもあたしが描いた絵だ。

三枚目は制作過程をアップした動画にも、かなりの数のいいねがついた人気のイラスト。五枚目はいいねの数は少ないけど、あたしが思うままに楽しんで描いたイラストだ。

だから、後者を一番好きだと言ってくれたことは、正直めちゃくちゃ嬉しい。

おまけにAME推しってのもポイント高いし、これはかなりの逸材を見つけてしまったかもしれないな。しかも、同じ学校のクラスメイト。会おうと思えばいつでも会える。

こんなの……逃す手はないでしょ。

早坂の歌声を聴いて、咄嗟に閃いたんだ。あたしが描いたイラストに早坂の歌声をのせて、歌ってみた動画を配信することを。

あたしは歌が歌えないから、イラスト制作過程をアップすることしかできないと思っていた。だけど、よく考えたらあたしが歌う必要なんてない。歌がうまい奴に歌ってもらえばいいだけの話だった。

そしてあたしは、運よく早坂美羽という逸材を見つけてしまった。

今までみたいにイラストだけ描いて動画を上げても、再生回数は多分伸びない。つまり、収益を得られるようになっても全然稼げないけど、早坂の歌声ならバズる可能性は、じゅうぶんにある。

ＡＭＥのことも交えてメッセージを打ったら、早坂はようやく会うことを了承してくれた。

あいつは歌がうまい。ただうまいだけじゃなく、なんていうか、心に響くんだ。それこそ、ＡＭＥみたいに。そう感じるのは、きっとあたしだけじゃないはず。

そういや、一度にこんなに何回もメッセージのやり取りをしたのは初めてかも。ちまちま打つのが面倒だから、家族だろうと誰だろうと、用事がある時は即電話するし。

つまりは、普段やらないことをやってしまうくらい、早坂はあたしにとって重要人物ってことだ。

スマホをリュックにしまったあたしは、堪えきれない笑みを浮かべながら、休憩室に置いてある漫画を読みはじめた。

＊

日曜は夕方から母親が仕事に行くので、それまでには帰らなきゃいけない。だから午前中から会えないかと言ったら、早坂はあたしの都合に快く合わせてくれた。

待ち合わせはバイト先のカラオケ店。オープンの九時から三時間、学生ならワンドリンク頼めば六百円で利用できるからかなりお得だ。

場所がカラオケなら、話のついでに歌ってもらえるかもしれないと思ったけど、昨日のあの様子じゃ難しいかもしれないな。

それでも早坂の歌にあたしの今後がかかっているんだから、なんとか説得してみよう。

ビルの下で待っていると、約束の五分前に早坂がやってきた。

「おはよ」

「あ、お、おはよう……」

早坂は、長い黒髪と控え目な雰囲気によく合う、淡いブルーのワンピースを着ていた。

「じゃあ、行くか」

早坂が頷いたので、ふたりでエレベーターに乗って三階で降りた。

受付をしているのは、見知った同い年の男子だ。無駄話はあまりしない真面目なタイプで、進学に向けて勉強に専念するため、来月でこのバイトを辞めるらしい。

カゴを受け取り振り返ると、早坂は胸の前で両手を握ってうつむいている。

「どうした？」

なんだか、ものすごい緊張感が漂っている気がする。

オーディションでも受けに来たのかよ、と言いたくなったが、ほぼ初めて話す相手に突っ込むのはまだ早いかもな。やめておこう。

「いえ、何も……ごめんなさい」

「なんもしてないのに謝んなよ。行くぞ」

五番の部屋に入り、あたしはふたり掛けのソファーの奥に座った。

早坂はドアの前に立ったままなので、手招きをして座るようにうながしたけど、座ってもなお早坂はうつむいている。

もしかしてあたし、怖がられてないか？　もしくは極度の緊張しいとか？

これまでクラスメイトを気にして見るなんてあまりなかったから、早坂が普段どんな感じなのか分からない。目立つタイプではないということだけは分かるけど、学校にいる時もこんな感じなのだろうか。

「飲み物、選んだら注文押しちゃって」

あたしは自分が飲むジンジャーエールを選択したあと、隣に座っている早坂の前に注文用のタブレットを置いた。

早坂は、ジッと画面を見てからアイスティーを選んだ。

「そーいや昨日もアイスティーだったよな。好きなの？」

「え？　あ、うん、別に」

「うん別にって、どっちだよ」

あたしが笑って突っ込むと、早坂はまたうつむいてしまった。

「もしかしてさ、あたしのこと怖い？」

率直に聞くと、早坂は大きい目をさらに大きく開き、首を横にブンブンと振った。

「怖い、とかじゃなくて……その……——」

そこから早坂は、なぜか無言になった。

眉間にしわを寄せているから、なんて言おうか真剣に考えているのかもしれない。

だとしたら、あたしは早坂が口を開くまで待つだけだ。

そう思って二分ほど経過すると、早坂は視線を下げたまま話しはじめる。

「あの、佐久間さんとは……話したことがないので、その、なんていうか、どう接したらいいのかなって……」

あぁ、そういうことか。怖がられていたらやりにくいなと思っていたから、ちょっとホッとした。

「それもそうだな。同じクラスになってまだ二ヶ月経《た》ってない上に、話したことない奴といきなりこんな狭い部屋でふたりじゃ戸惑うよな。悪い」

配慮が足りないのは、あたしの悪いところだ。基本面倒くさがりでせっかちだから、なんでも早くやろうとするけど、さすがに色々すっ飛ばしすぎた。

「じゃあ自己紹介からするか。あたしは佐久間楓。趣味特技はイラスト描くことで、好きな歌い手はＡＭＥ。ボカロとかも好き。こう見えて喋ることも結構好きだ。はい、次は早坂」

「え？　でも、その……私、話長いし、下手だし……」

「下手？　よく分かんないけど、そんなのどうだっていいよ。長かろうと、それが早坂なんだろ？　だったら別に気にするな」

　そう言うと、あたしを見る早坂の目が、点になった。

　瞬きを繰り返して、まるであたしが変なことを言ったかのようなリアクションだ。いたって普通のことを言っただけなのに。

　だけど、「ありがとう……」と呟くように言った早坂の顔は、なんだか少し嬉しそうに見えた。

「私は早坂美羽、です。好きなことは……じゃなくて、えっと、ＡＭＥが好きで、私もボカロ曲好きです。あとは……なんだろう……」

　早坂はまた少し考え込んでから、続けた。

「他の歌い手グループとかも見るし、アニメを見るのも好きで……なんか、あれだよね、えっと、簡単に言うと……オタクかな」

　そう言って顔を上げた早坂は、やっぱりまだ少し緊張しているように見える。あたしの顔色をうかがうみたいに、不安そうに瞳を揺らした。

「あたしたち、結構似てるな」

「え、似て……？」

「似てるだろ。あたしもアニメ好きだし。何しろダイヤの原石ＡＭＥを見つけた、推し仲間なんだから。感性が似てるのかもしれないいな」

「そう、なんですかね……」

「あたしと似てるって言われたら、嫌かもしんないけどさ」

「い、嫌ってわけじゃなくて、なんていうか、その、逆に私に似てるなんて、悪い気がして……」

「なんでだよ。つーかさ、同級生なんだし敬語やめない？　あたしのことは楓でいいよ。あたしも美羽って呼ぶし」

美羽はまた目を丸くした。そんなに変なことは言っていないつもりだけど、美羽はあたしの言葉にいちいち驚いたような顔をするから、それが少し面白い。

「今度はどうした。美羽呼びじゃないほうがいいっていうなら、あたしはなんでもいいけど」

「ううん、そうじゃなくて……美羽で大丈夫だけど、あの……なんか佐久間さんって、不思議だなって」

「不思議？　あたしが？」

すぐ顔に出るし、単純明快だと自分では思っているんだけどな。

「うん。なんか、イメージと違ったっていうか……そのイメージも、私の勝手な思い込みだから、あの……佐久間さんは悪くなくて。えっと、誰かと喋ってるところも、あんまり見たことなかったし、人を寄せつけない、寡黙《かもく》な……一匹狼みたいなタイプかと……」

話が下手だと美羽は自分で言っていたけど、それを気にしているのか、迷いながら一生懸命言葉を選んで喋っているのがよく分かる。

「なるほど、そういうことか。でもあたしは基本あんまり何も考えてないっていうか、自由気ままに思うように生きてるだけだよ。必要があれば相手が誰だろうと話すし、必要なければ話さない。あっ、それがまわりから見ると一匹狼に見えるのか。でもむしろ避けられてるっぽいしな。まぁとにかく、あたしに寡黙って言葉は似合わないな」

家族やバンド同好会の奴らが聞いたら『寡黙なわけない』と速攻で否定されそうだ。自分でもそう思うし。

「ちなみに今は、必要だから美羽とこうしてふたりでいるわけだけど、とりあえず一回、楓って呼ぼうか」

あたしが言うと、美羽の頬がちょっとだけ赤くなり、恥ずかしそうに少し唇を噛んでから顔を上げた。

「か……楓……」

そう呼んだあとで美羽がまたうつむいたので、あたしは顔を隠すようにさらりと垂れた美羽の黒髪を指ですくい、「よくできました」と言って耳にかけてやった。

両手を膝の上にのせたまま固まっている美羽が、面白い。

「さて、自己紹介はこんな感じで、本題行こうか」

リュックから自分のタブレットを取り出してテーブルの上に置くと、美羽もそこに目線を向ける。

「昨日見てもらったと思うけど、あたしはこういう感じの絵を描いてるんだ」

保存しているイラストの中から、動画サイトに上げて反応がよかったものを何枚か開いた。

これからは自分が好きかどうかより、まわりからの評価が大事になってくる。だから、美羽が一番好きだと言ってくれたイラストはあえて見せなかった。

「本当に、すごく上手。私は絵が苦手だから、なんていうか……すごいなって。うまく言えないけど」

イラストを真剣に見ていた美羽が、申し訳なさそうに語気を弱めた。

「上手って言葉だけでじゅうぶんだよ。評論家じゃないんだから、うまく言えないなんて思ってないし」

あたり前のことを言ってからジンジャーエールをひと口飲んだあたしは、いよいよ例の提案をする。

「で、あたしはこのイラストに歌をのせて動画配信しようと思ってるんだけど、その歌を、美羽に歌ってほしいんだ」

「え？　ど、動画？　いや、私は……」

今日分かった美羽の性格からして、驚くし戸惑うだろうことは想定内だ。でも、だからといって諦めるつもりはない。

「動画っていっても美羽の顔を晒すわけじゃない。あくまで画面に映すのはあたしが描いたイラストだけで、美羽は歌ってくれさえすればいいんだ」

「あの、でも、なんで私なの……？」

「決まってるじゃん。美羽の歌声が好きだからだよ。昨日少し聴いただけだけど、あの一瞬で、あたしは美羽の歌声のファンになったんだ」

黙ってうつむく美羽に、あたしは続けた。

「美羽はあたしのイラストをすごいって言ってくれただろ？　あたしも美羽の歌はすごいと思ってる。だから、あたしを信じて歌声を預けてくれないか」

美羽はハッと顔を上げ、あたしを見た。

「私の、歌声を……。だけど、今まで人前で歌ったことなんて、なくて……」

「さっきも言った通り、誰も人前で歌えなんて言ってない。あんなにうまいのにもったいないって思ってるだけなんだ。美羽は、歌が好きなんだろ？」

あたしの問いかけに、美羽は頷いた。心なしか目が潤んでいるように見える。

「恥ずかしいって言うなら美羽が歌う時、あたしは外に出てるよ。ひとりで歌ってくれて構わないから。だから、頼む」

「や、やめて、私なんかにそんな……」

あたしが頭を下げると、予想通り美羽はものすごく狼狽えた。

ここから一気にたたみかけるか。

「これからあたしが描くイラストは、美羽の歌で完成する。そういう絵を描く。だから力を貸してほしい」

もう一度頭を下げた時、金を稼ぐのに利用しているみたいで、少しだけ胸が痛んだ。だけど美羽の歌に感動したというのは事実で、そこに嘘はない。

それに、美羽は好きな歌を思い切り歌えて、あたしは金を稼げる。お互いにいいことしかないんだから。

「わ……分かった。でも、あの、うまくできるか自信ないけど……」

勢いよく顔を上げたあたしは、「ありがとう！」と言って、美羽の手を両手でしっかりと握った。

美羽はあたふたと視線を彷徨《さまよ》わせている。

「じゃあさ、まずは一回歌ってくんない？　できればカラオケで音流して。もちろんあたしは部屋を出るし、美羽が歌いたい曲を選んでいいから」

「……うん。分かった」

美羽を部屋にひとり残して、あたしは部屋を出た。そのまま壁に背中をつけて寄りかかる。

ここなら美羽からあたしの姿は見えないけど、あたしは部屋から漏れてくる美羽の歌声が聴ける。

昨日はＡＭＥの『羽』をスマホで流しながら歌っていたけど、今のところカラオケにＡＭＥの曲は入っていないから、何を歌うのかちょっと楽しみだ。

待っていると、ドリンクを持った無口なバイトくんが、『何してんだ？』と言わんばかりに、横目であたしを見ながら目の前を通過した。

トイレに行って戻ってきた客もあたしをチラ見したけど、気にせず待つこと五分。

曲が流れはじめた。

この曲は、ボカロだ。結構新しい曲だけどすぐに話題になって、ＳＮＳでも歌ってみた動画がもう上がっている。

イントロがなくて、すぐに歌に入るのだけど、歌い出しのタイミングはバッチリ。

しかもキーが高いしテンポも速いのに、まったく音程も速度もズレがないように思う。

そして何より……。

「やっぱ、うまいじゃん」

後頭部を壁につけたまま、呟いた。

ボカロなんて人間が歌える曲じゃないって思ってたけど、完璧に歌える奴がここにいた。

昨日の歌声は優しくて心に沁《し》みたけど、今日の歌声はなんていうか、ワクワクして心が躍るような、そんな声だ。

ＡＭＥと同じように、美羽も曲によって声が変わる。

これは……絶対にイケる！

小さくガッツポーズをしたあたしは、ニヤけそうになる顔をなんとか引きしめて、曲の終わりと同時に、部屋に戻った。

第五章　唯一無二

いつものバスに乗り、流れる景色をぼーっと眺めながら、私は昨日のことを思い出していた。

楓はかっこよくて、自然体で、それでいて不思議な子だった。怖くなんかないし、イメージと違って意外と喋るし、明るくて笑顔だって向けてくれた。

私の歌声のファンになったとか、歌声を預けてとか、そんなふうに言われるなんて思ってもいなかった。

だけど、私が何より一番驚いたのは、歌にかんすることじゃなくて……。

『下手？　よく分かんないけど、そんなのどうだっていいよ。長かろうと、それが早坂なんだろ？　だったら別に気にするな』

私がずっと気にしていることを、どうだっていいって、楓はそう言ったんだ。

私の悩みなんて、他の人には絶対に理解できない。きっと分かってもらえない。笑われるかもしれない。

だから、誰にも言えなかった。普通じゃないって思われるのが、とても怖かったから。

でも楓は、私の悩みを悩みとしてとらえなかった。

私の話が下手でもちっとも気にする様子はなく、イライラするような素振りも全然なくて、早く話せと急かすことも、話を止めることも一度もなかった。

だからなのか、楓と話していると、どんどん心が楽になっていくのが自分でもよく分かったんだ。

ひとりで歌う時、楓は部屋の外で聴いていると分かっていた。それでも緊張することなく歌えたのは、相手がそういう楓だったからなのかもしれない。

だから楓の頼みを受け入れようと思ったのだけど、今さらながら不安になってきた。

私にできるのか分からないけど、歌声を好きだと言ってくれた楓のためにも、精一杯頑張りたい。

学校に着いて一番で教室に入ると、いつものようにあとから続々とクラスメイトが登校してくる。その中に彩香と由梨もいたので、私はふたりに手を振った。

一緒に帰れなかったあの日、先に帰ったことをふたりが気にしていたらどうしようと心配していたけれど、笑顔で手を振り返してくれたので安心した。

ホッとしたまま一時限目で使う教科書を机の上に置き、ふと顔を上げると、そのタイミングで前のドアから楓が入ってきた。

今まで気にしたことなんて一度もなかったのに、今日の私は楓を目で追ってしまう。

こうして改めて見ると、本当に楓は目立つ。

髪の色がどうこうというわけじゃなくて、歩いている時も背筋が伸びていて、なんていうか、まとう雰囲気がとても独特だ。他の人がどう思っているかは分からないけれど、私の目にはそう映る。

そのまま見ていると、楓は自分の席の三つ前で立ち止まり、視線を下げたまま床に手を伸ばした。そして体勢を戻した楓の手にはシャーペンが握られている。

落ちていることに気づいて、拾ってあげたんだ。ここからじゃ聞こえないけど、楓が何か話しかけているから、『あんたの？』とか聞いているのかもしれない。

楓からシャーペンを受け取った女子は、顔を赤くしてはにかんでいる。その顔は、美術の居残りの時に『佐久間さんと至近距離ですれ違っちゃった〜』と話していた女子生徒と同じような表情だ。

楓が去ったあとも、その女子は近くの子と嬉しそうに笑みを浮かべながらはしゃいでいる。だけど当の本人は何も気づいていないようで、自分の席に座って眠そうにあくびをした。

私たちは似ていると楓は言ったけれど、やっぱり全然違う。

堂々としていてまわりの目なんて気にしない、女子から憧れの眼差しを向けられているような楓と私じゃ、似ても似つかない。

なんて思っていたら、心の声が聞こえたかのように楓の視線が私に向いた。

こんなふうに教室内で目が合うのは初めてだからか、不意をつかれた心臓がドキッと音を立てる。

目を逸らさずにいると、まるで『おはよう』と言うように、楓がほんのちょっとだけ口角を上げた。その表情に、私の心臓がまた騒ぎ出す。

今の微笑みは私に対してなのか、それとも違うのか分からなくて戸惑っていると、楓は片肘をついて窓の外に視線を移した。

無視したと思われていたらどうしよう。いちいち考えないで、私もすぐに笑顔で返せばよかったかな。次に目が合ったら、私もちゃんと応えよう。

そう思っていたけど、結局一日を通して楓に話しかけられることはなく、これまでと違っていたのは朝のあの微笑みだけだった。

帰りのホームルームも終わり、いつも通りロッカーを開けて帰る準備をしていると、うしろからポンと肩を叩かれた。

彩香か由梨かなと思い振り返ると、そこに立っていたのは楓だ。目が合った私は、思わず「えっ」と声を出してしまった。

「今日、ちょっと時間ある？」

「あ、うん……」

突然のことに驚いたけど、私以上にクラスメイトのほうが驚いているみたいだ。何事だと言わんばかりの視線が、私たちに集まっている。

そのくらい、楓が誰かにこうして声をかけるのは珍しいということ。その相手が楓とは真逆の私なのだから、余計だ。

「んじゃ、ちょっとつき合ってよ」

「うん、でもあの……ちょっと待って」

ロッカーから持ち帰る教科書を探したけれど、急いでいる時に限って見当たらない。

「そんな慌てなくていいから、ゆっくり探せよ」

焦っている私とは対照的に、楓は廊下の窓に寄りかかってスマホをいじりはじめた。

聞こえないと分かっていたけど、私は「ありがとう」と呟いて、再びロッカーのほうを向く。

慌てなくていい。そのひと言が、想像以上に私の心を楽にしてくれる。

「美羽、大丈夫?」

教科書を見つけて手に取ると、そっと隣に寄ってきた彩香が眉間にしわを寄せながら小声で聞いてきた。

「えっと……何が?」

「佐久間さんだよ。さっき話してたでしょ? 呼び出しとか、そういうやつじゃないよね?」

少し離れたところでスマホを眺めている楓のことを気にしながら、彩香が聞いてきた。

楓は目立つから、憧れの眼差しを向ける人もいれば、あまりいい印象を持っていない人もいることは知っている。彩香はきっと後者なのだろう。

「まさか、違うよ。そういうんじゃなくて、あの……なんていうか……」

彩香にどう説明したらいいか分からなくて、いつも以上に返答に困った。

私が歌うことは誰にも知られたくないけど、そこを伏せて説明するには無理がある。

そもそも、昨日のことを他の人に話していいのか楓に確認していないから、勝手に言えないし……。

「美羽が大丈夫ならいいけど。じゃあ、私たちは帰るね」

うまく言えないでいると、彩香は私の言葉を待つことなく、そう言って由梨と顔を見合わせた。

「うん、あの、ありがとう。じゃあ、また明日ね」

いつもなら自己嫌悪に陥っていたところだけど、ふたりを無駄に足止めしなくて済んだので、今日は私の話下手が逆に役に立ったのかもしれない。とはいえ、こんなことは滅多にないけど。

帰っていくふたりに手を振ってから教科書を鞄にしまい、ロッカーを閉めて楓のもとへ駆け寄った。

「ごめん、その……待たせちゃって」

「いや、全然。じゃあ行くよ」

楓のうしろをついて歩くと、廊下にいる生徒の視線が気になった。

なんでこのふたりが？　どういう組み合わせ？

放課後の喧騒《けんそう》に紛れて、そんな声が聞こえてきそうな視線だ。

楓と一緒にいるのがどうして私なのか自分でも不思議なんだから、他の人が好奇の目を向けてくるのも分かる。

楓のあとに続いて学校を出ると、生徒じゃない通行人までがこっちを見ている気がした。それだけ楓が目立つということなんだろうな。

今まで浴びたことのない視線を感じながらバス停まで歩き、バスに乗って三十分ほど。着いたのはカラオケ店だ。だけど今日は、楓のバイト先のひとカラではなかった。

私の家の最寄り駅から電車で三駅先にショッピングセンターがあるのだが、その近くにある三階建ての大きなカラオケ店だった。

「今日は……楓の、その、バイト先のカラオケじゃないんだね」

「あぁ、店は今日結構混んでるみたいでさ、ここだったらデカいし確実に入れるかなと思って。料金も一時間なら安いし。あ、もしかして美羽の家から遠かった？　ごめん、先に聞けばよかったな」

「ううん、全然。あの、私の家、えっと……ここから三つ目の駅だから、全然近いよ」

「そっか、ならよかった」

受付を済ませて部屋に入ったのだけれど、ひとカラしか経験がない私は、部屋の広さに驚いた。

四人は座れそうな黒いソファーの端に腰を下ろすと、楓が曲を選ぶリモコンを私の前に置いた。

「はい。今日は初めての歌収録の日だから、まずは美羽が一番歌いやすいと思う曲を選んでみて」

「でも、あの、歌って……どうやって、録るの？」

「あそっか、それも説明してなかったな。悪い。カラオケに録音機能がついてるから、録音した歌をアップロードするだけなんだ。簡単だろ？」

歌い手として本格的に活動している人は、もちろんスタジオなどちゃんとした機材で録音しているだろうけど、カラオケでも気軽に歌って動画サイトにアップすることができるのだと楓が教えてくれた。

「そうなんだ。そんな簡単に……すごい……」

などと感心している場合じゃない。歌うのは私なのだから、まずは曲を選ばなきゃ。

歌ってみた動画で流せる曲は、著作権の問題とかでどれでもいいというわけではないけれど、楓が投稿している動画サイトでは、そこで管理されている楽曲なら使用の許可を取らなくても自由に使えるらしい。

スマホでそれを確認しながら真剣に悩んでいる間、楓は一切口を出してこなかった。

つまり、私が歌いたい曲を本当に自由に選んでいいということだ。

「これに、する……」

あとから却下されたりしないかなと不安に思いながら選んだのは、少し前のドラマの主題歌で、女性シンガーソングライターの曲だ。優しいメロディーと歌詞が好きでプレイリストにも入れているし、家でもよく口ずさんでいる。

「うん、美羽の声に合いそうだな。じゃあこの録音ってのを押して曲を選択すれば、あとは歌うだけで大丈夫だから」

ひと通り私に説明してから、楓が立ち上がった。

「じゃ、あたしは外にいるよ」

そう言って動こうとした楓の手を、私は咄嗟に握った。

「あ、ごめん。えっと、楓……その、いて、いいよ……っていうか、いてほしい……」

人前で歌えないと思っていたけれど、私の歌声が好きだと言ってくれた楓なら、きっと大丈夫。むしろ、自分の歌声を録音なんて初めてだし、隣にいてくれたほうが心強い。

「いいのか？」

驚いた楓に、私は迷うことなく頷く。

「分かった。じゃあこのまま座って聴いてるから、美羽のタイミングで歌いな」

緊張しないわけじゃないけど、やると決めたからには頑張りたい。

アイスティーをひと口飲んだ私は曲を送信し、マイクを握って立ち上がる。

最初の音が外れたらどうしよう。高い声が出なかったらどうしよう。

そうやって色々ごちゃごちゃ考えていたけれど、イントロが流れはじめたら、そんな不安もすべてがどこかへ消えた。

目を閉じ、愛する人を想う歌詞に合うように、声を出す。

そよ風みたいな優しい歌い方で、ひとつひとつの言葉を大切に……——。

そして曲が終わると、私は静かにふーっと息を吐いた。

緊張しながら隣に目を向けると、楓は終わっているカラオケの画面をジッと見つめたままだ。

歌詞は間違えていないはずだけど、どうだったか自分ではよく分からない。

もしかしたら、楓が思っていたような歌声じゃなかったのかな。

不安に駆られていると、

「……最高じゃん」

楓がぽつりとそう呟いた。

つまり、大丈夫だったってことで、いいのかな？

不安が拭えないまま、ゆっくりソファーに腰を下ろした瞬間、楓が私のことを勢いよく抱きしめた。

楓のつけている香水の爽やかな酸味と少しの甘さが、私を包み込む。

あまりに突然のことで声も出せないでいると、楓が「最高だよ！」と言いながら私の背中をトントンと叩く。

「マジで、部屋の外で聴くより何億倍も最高だった！　聴かせてくれてありがとう！　ていうか、歌ってくれてありがとう！　もうほんっとうに最高！」

私を抱きしめながら、楓は嬉しそうに何度も何度もそう言ってくれる。

ただ好きな歌を歌っただけなのに、こんなに喜んでくれるなんて思っていなかったから、私まで嬉しくて泣きそうになる。

「最高すぎてちょっと興奮しちゃったけど、とりあえず今録音したやつをアップロードするか」

私から腕を離した楓は、何やらリモコンを操作している。

「よし、これでアップロードは完了」

「えっ？　もうできたの？」

「うん。あらかじめ登録しておけば楽なんだ。今聴くこともできるけど」

私は思い切り首を横に振って、全力で拒否した。

「そ、それはいいよ。あの……恥ずかしいし。楓がひとりで聴いて。それで、なんか問題があれば、また歌うから……」

自分の歌声を改めて聴くなんて、想像しただけで恥ずかしいし、それはちょっとまだハードルが高い。

「オッケー。じゃあ、あと三曲くらい歌える？　今日はそれで終わりにするから」

「うん、分かった」

歌うことは苦じゃないし大好きだから、頼まれればいくらでも歌える。

曲を選ぶのに少し時間がかかったけど、ボカロとアニソンとＪ・ＰＯＰをそれぞれ歌い終えると、ちょうど終了時刻の五分前だった。

「よし、アップロード完了したから、とりあえず出るか」

「うん」

すると、ドアを開けようとした楓が手を止めて振り返ったので、私は首を傾げる。

「美羽、お前の歌声は唯一無二だ。これからもよろしくな」

楓は私の目を見ながら捨て台詞のようにそう言って、部屋を出た。

ドキドキと心臓の鼓動が速まるのを感じながら、私も楓のあとに続く。

自然とかっこいい言葉が言える楓は本当にすごいと思うけど、唯一無二なんて、そんな簡単に言えるものなのかな。

話す前とあとでは、楓に対するイメージがいい意味で変わったけど、自分と正反対だということに変わりはない。だから楓が何を思ってそう言うのかが分からなくて、私はその言葉を素直に受け取ることができない。

「このあとまだ時間ある？　てか、何時まで平気？」

「あ、えっと、十九時までに帰れば、大丈夫……だと思う」

お母さんには友だちと図書館で勉強するとメッセージを送った。また嘘をつくのは心苦しいけれど、本当のことを言えばあれこれ聞かれるし、何より心配するだろうから。

「じゃあ、ちょっと今後について話そうか」

「あ、うん」

楓が向かったのは駅前の大通りではなく、脇道に入った一方通行の狭い路地だった。

通りを真っ直ぐ進んでいると、雑貨屋の前にある大きなクマのぬいぐるみが目に入った。椅子に座っているから、客を出迎えているように見えて可愛い。

思わず頬を緩めると、楓はその雑貨屋の先で足を止めた。

これまたとっても素敵なお店で、木目調のお店の前には色とりどりの花が飾られている。【喫茶FLOWER《フラワー》】という喫茶店のようだ。

「ここでいい？」

「う、うん。もちろん」

　こんな可愛い喫茶店に入るのは初めてだけど、そもそも友だちと喫茶店に入るのも初めてなので、緊張する。

　中に入ると、「いらっしゃいませ」という声と共に、深緑色のエプロンをつけた店員さんが近づいてきた。

「二名様ですか？」

「はい」

「窓際の席へどうぞ」

　美人の店員さんに案内された私たちは、ふたり掛けの席に座った。

　カウンター席と窓際にふたり掛けの席が四つという狭いお店だけれど、店内の家具はどれもアンティーク調で可愛い。

　カラオケ店もそうだけど、どうやら私は広いよりも、こういうこぢんまりとしたサイズのほうが落ち着くらしい。

「あたしはこのハーブティーにするけど、美羽は？」

「え？　あ、えっと……」

　楓のようにすぐ決められない私は、案の定メニューに視線を落としたまま黙ってしまった。

私も楓が選んだハーブティーは美味しそうだなと思ったけど、同じものだと真似したと思われるかもしれないし。だとすると、別のハーブティーにしたほうが……。

「すごい顔してるぞ。そんな眉間にしわ寄せてたら、可愛い顔が台無しじゃん」

メニューを見ながら悩んでいると、楓がそう言いながら私の眉間に人差し指を当てた。

またもや不意をつかれた私は、ハッとして顔を上げ、自分の眉間を右手で押さえる。

「美羽にひとつアドバイス。悩んだ時はさ、最初にいいなって思ったやつにすればいいんだよ。余計なこと考えてる時間なんて、もったいないだろ」

楓の言葉に、私の口が自然と開いた。

「えっと、私は……私も、楓と同じハーブティーにする」

「オッケー。それでよし」

そう言って笑みを浮かべた楓が「すみません」と手を上げると、店員さんが近づいてきた。

「お決まりですか？」

「ラズベリーとレモンのハーブティーをふたつ、お願いします」

「かしこまりました」

楓がくれたアドバイスはとても簡単なことかもしれないけど、私には絶対に導き出せない言葉だ。

そんなことを思いながら視線を前に戻すと、楓が頬杖をつきながらジッと私を見ていたので、思わず目を逸らしてしまった。

「美羽はすごいな」

「え？」

再び視線を向けると、楓はとても真剣な表情で「美羽はすごいよ」と、繰り返した。

「わ、私が？　そんな、別に私なんて……」

「美羽の歌声を聴いてるとさ、なんかこう元気が出るっていうか、すごいパワーをもらえるんだよね」

それを言うなら、楓のほうがずっとすごい。

私には言えない言葉、できない行動をする楓といると、違う世界を見ているような不思議な気持ちになる。

それに、私が人前で歌えたのは、楓が『歌声を預けてくれないか』って言ってくれたからだ。

「楓のほうが……すごいよ……」

でも、そういう気持ちを全部言葉にしてうまく伝えられない私は、思い切り首を横に振って、ひと言だけそう告げた。

「じゃあさ、どっちもすごいってことで、あたしたちは最強だな」

楓がそう言ってニッと笑ったところで、店員さんがハーブティーを運んできた。

「うん、美味しい。ハーブティーは体によさそうだし。つーかさ、ぶっちゃけあたし、コーヒーが苦手なんだよね」

店内にはコーヒーの香りが漂っているからか、楓はまわりに聞こえないよう私に顔を近づけながら小声で言った。

普段はかっこいいのに、いたずらっ子のような笑みを浮かべた楓が、とても可愛く見えた。

私も実はコーヒーが苦手だということを瞬時に返せなかったけれど、AME以外の共通点が見つかって、少し嬉しい。

「聞きたかったんだけどさ、美羽はAMEのことをいつどうやって知ったの？ ちなみにあたしは、動画を色々漁《あさ》ってたらたまたま出てきたんだけどさ」

「私は……えっと、私も、別の人の歌ってみた動画を見ていて、その時に、偶然AMEの動画が流れて、それで歌声を聴いた瞬間驚いたんだ。なんて綺麗な声なんだろう……って。もっと聴きたいって思って、それですぐにチャンネルも登録して」

サムネが気になったとか、ちょっと見てみようかなと思ったとか、そういうわけじゃない。画面をスクロールしていたら、たまたま偶然触れて再生された。それがAMEの歌だった。

「じゃあ、あたしたちはふたりとも偶然AMEを聴いて、好きになったってわけだ。そう考えると、AMEがあたしたちを繋《つな》いでくれたのかもな」

「そう……なのかも」

一瞬迷ったけど、そうじゃなきゃ、私と楓がこうして喫茶店で向かい合うなんてことはなかったかもしれない。

「AMEの曲で何が一番好き？」

「私は、『羽』が好き。メロディーもそうだけど、歌詞が好きで、聴いていると落ち着くんだ。あとは『彩《いろどり》』も」

『彩』は、ひとりの人との出会いによって、真っ暗な世界が色づいていくという歌詞だ。私はいつも、こんな世界になったらいいなと思いながら聴いている。

「美羽の声に合ってるしな。羽と彩はあたしも好き。あとは、『オレンジピール』とか『告白』とかも好きかな」

「あっ、分かる！　私も好き。どれも違った雰囲気だし、何回聴いても飽きないのが本当にすごいよね」

「そうそう。ちなみにボカロだと美羽のお薦めは何？」

「えっと、ボカロはね――」

――とても、不思議だった。

頭にたくさんの言葉が浮かんでいても、口に出そうとするとうまくできなくて、いつもしどろもどろになってしまう。それが私なのに、今はこんなにもスムーズに言葉が次々と飛び出してくれる。

流暢《りゅうちょう》というわけじゃないけれど、それでも今までにないくらい会話が弾むのは、きっと自分の好きなことだから自信を持って話せるのかもしれない。

あとは、私の話が遅くても下手でも、楓が嫌な顔ひとつしないで聞いてくれるから。それも大きな理由だと思う。

私の好きな音楽や楓の好きなイラスト、ふたりが好きなアニメ、それから今後の動画作成について、私たちは時間いっぱいまで話をした。

楓に歌ってほしいと頼まれた時は、まさかこんなふうに向かい合って楽しく話せるなんて思っていなかった。距離が近くてグイグイくる楓が、最初は正直ちょっと苦手だったから。

今でもまだ少し信じられないけど、もっと話したかったというこの気持ちに嘘はない。

会計をして十八時半に喫茶店を出た私たちは、「また明日」と手を振り合い、私は駅へ、楓はバス停へとそれぞれ向かった。

気づけば日がずいぶんと長くなっていて、電車から見える空にもまだ薄っすらと青空の余韻が残っている。

家に帰ると、予想通りお母さんからの質問攻めが待っていた。

どこの図書館で誰と一緒だったのか。宿題はやったのか。学校は楽しいか。何か変わったことはないか。

それらの質問に私は淡々と答えた。そして最後にはやっぱり「大丈夫?」と聞かれ、私は頷く。

二階に上がって部屋に入ると、ベッドに倒れ込むようにしてうつ伏せになった。

楓とふたりで好きな音楽の話をしている時は楽しかったのに、お母さんと話をした途端、また駄目な自分に戻ってしまう。

叫びたくなる気持ちを抑えるように布団に顔を押しつけ、「はぁ〜」と声を出して大きくため息をついた。

すると、鞄の中から微かにメッセージ受信を知らせる音が聞こえて、息を吹き返したように飛び起きる。

【そういや今後のスケジュール話してなかったけど、歌収録は二週に一回、基本的に月曜で、動画アップするのは、今のところ水曜と金曜で考えてるけど、どう?】

【分かった。それで大丈夫だよ】

そこまで打ってから、送信ボタンは押さずに少し考えた。

動画のアップは楓が家でやると言っていたから、私と会う必要はない。そうなると、学校以外で楓とこうして会えるのは、二週間後の月曜の歌収録の時だけということになる。

だけど、楓ともっと話してみたいと思った私は、素直にそれを伝えた。

【お互い暇だったらでいいから、歌わない日も会えたりしないかな。もっと話してみたいんだ。イラストを描きたいとかだったら、私はそれを見ているだけでもいいから会いたい】

面と向かってだと言えたかどうか分からない言葉を、楓に送った。でも読み返すと、なんだかラブレターみたいな文面で恥ずかしいかも。

枕に顔を埋めていると、楓からすぐに返信がきた。

【そんなの、いいに決まってんじゃん。あたしも会いたいし】

こんな顔をお母さんに見られたら変に誤解されそうだけれど、それでもつい顔がにやけてしまう。頬の筋肉が緩みっぱなしだ。

初めてちゃんと話をしてからまだ四日しか経っていないけど、楓を友だちだって思っていいのかな。

もっと早く話をしていればと少しだけ思ったけれど、ＡＭＥが動画配信をする前だったら、もしかするとこんなに親しくはなれなかったかもしれない。

廊下でぶつかりそうになったことも、私がカラオケにひとりで行こうと決心したことも、あのひとカラを選んだことも。すべては運命だったのかもしれないと、本気でそう思える。

楓も同じ気持ちでいてくれたら嬉しいけれど、たとえそうじゃなくても、私にとって楓は唯一無二の存在だ。

自分の駄目なところが気にならないくらい楽しく話せたのは、私にとってとても大きなことだから。

第六章　優しい光

美羽の歌声に出会えたのは、あたしにとって奇跡だ。

美羽の歌に心を動かされる人は、きっと他にもたくさんいるはず。だから早いとこ動画編集しないと。

頬杖をつきながら、あたしは廊下側の席に座っている美羽を見つめた。

黒板と自分の手元、交互に視線を動かしながら一生懸命ノートをとっている。

美羽の歌のすごいところは、きっと好きだという純粋な思いだけで歌っているところだろう。テクニックとかそういうことは考えず、好きの気持ちだけであんなにも心惹かれる歌を歌えるんだから。

あたしとは、全然違う……。

授業がはじまる前にスマホで確認したけど、あたしが描いた絵の中で人気があるのは、やっぱり今時のトレンドに寄せて描いたものだった。反対に、好きという気持ちだけで自由に描いた絵はあまり反応がよくない。

だからこそ自分の気持ちは二の次で、最近は流行《はや》りそうな絵ばかり描いているけど、美羽を見ていたら迷いが生じてしまうんだ。自分は本当にこれでいいのかって。

再生回数を上げるためには、好きとか自分らしさなんていらない。金のためにイラストを描くと決めたのは、あたし自身なのに……。

自分の胸に手を当てて心臓の音を確かめたあたしは、『やるしかないんだ』と言い聞かせ、美羽から視線を逸らす。

　すると、迷いを断ち切るようにチャイムが鳴り響いた。


放課後、第二校舎の二階に上がったあたしは、廊下の壁に寄りかかって待った。

五分ほど経った頃、パタパタと足音を鳴らしながら美羽がやってくる。

「ごめんね、帰りの準備に時間かかっちゃって」

「いいよ。こっちこそ急に悪い」

「でも、その……なんで直接言わないの？」

遠慮がちに言いながら、美羽が首を傾げた。

五時限目が終わった時、あたしは【放課後、時間大丈夫なら第二校舎の二階に来てほしいんだけど】と、美羽にメッセージを送った。

同じクラスなのだから、美羽の席まで言って直接言ったほうが確かに早い。だけどそれをすると、みんなの視線が美羽に集まってしまうことが分かっていたから。

あたし自身は誰にどう思われようと構わないが、美羽は気にするかもしれない。だから学校にいる時は極力声をかけないようにしている。

　でもそれを話したら、美羽は『そんなの気にしない』とか言うかもしれないから、あえて口には出さない。

「別に意味はないけど、なんとなく」

あたしと親しくすることで、美羽が他の奴から何か言われたり、好奇な目で見られたりしたら嫌だから。

「それより、少し手伝ってほしいんだ」

音楽準備室の中には、資料やなんかが入っている棚の他にも、色んな楽器が置いてある。

「美羽さ、喉乾かない？」

あたしがそう言ってニヤリと口角を上げると、開いているドアから見慣れた顔が現れた。

だけどあたしがひとりじゃないことに気づいたからか、バンド同好会の三人は驚いた顔をしている。

「よぉ。今日も手伝うよ。コイツと一緒に」

あたしが美羽の頭の上にポンと手をのせると、三人は揃《そろ》いも揃って目を丸くした。

まるで珍しいものを見ているかのような表情だけど、まぁ確かに珍しいか。あたしが友だちを連れてきたんだから。

「え、何、誰？　てか、早坂ってのは分かるけど、えっ？」

西山が切れ長の目をキョロキョロさせながら、あたしと美羽を交互に指差して言った。

「いやいや、狼狽えすぎだろ。あたしが友だち連れてくんのがそんなに珍しいかよ」

「友だち!?」

三人が声を揃えやがった。なんかムカつく。

「あたしは別に、女子から避けられてるひとりぼっちの可哀想な奴じゃないんだよ」

「え、そうなの？」

本気で首を傾げた中嶋の頭を、あたしはパシッと叩いて突っ込んだ。

可哀想な奴ではないが、だからといって本当はとってもフレンドリーで、明るく気さくに話すから仲良くしてなんて、自分から言うこともない。だから結果的にひとりでいるだけだ。

「さっきから失礼なこいつらは、軽音部改めバンド同好会の三人」

美羽がキョトンとしていたので、一応説明した。名前とかはまぁ、いいか。

「俺は二年の時に同じクラスだったよな」

西山の問いかけに美羽は無言で頷いた。

「つーか、なんで佐久間？　正直、早坂とは正反対のタイプに見えるけど」

なんて答えていいのか分からないのか、美羽か困ったように視線をあたしに向けてきた。

「言っとくけど、あたしがどういうタイプかなんてお前らも分かんないだろ？　あたしのことなんも知らないんだから。つまり、そういうこと」

「いや、どういうことだよ！」

三人の総ツッコミを受けたけど、こいつらに説明するのは面倒なので適当に端折った。

「んなことより、今日も練習するんだろ？　運ぶの手伝うから。ほら、美羽はこれ持って」

「え？　あ、う、うん」

その辺にある一番軽そうなドラムスティックを、美羽に渡した。

「いや、それは自分で持つっし」と言う本橋の言葉を無視し、いつものようにあたしも楽器を持った。名前とかはよく分からないけど、ドラムの一部だと思う。

ぶつけないように気をつけながら、空き教室のある第三校舎の二階に運んだ。

それから全員で一階にある自販機に向かい、あたしはいつものように炭酸飲料のボタンを押す。

「美羽はどれがいい？」

「え？　私？　あの、私は別に」

「こいつらが奢ってくれるから大丈夫だよ」

「いやいや、あの……本当に私は、喉渇いてないし」

「ちょっとしたバイトだと思って、遠慮しなくてもいいのに」

壁に寄りかかってしゃがんだあたしは、西山から渡された缶を開けてひと口飲んだ。

「お前はちょっと遠慮しろよな。よく考えたら、楽器運ぶだけで百円は高くねぇか？」

「運ぶだけじゃないし。あんたたちの演奏聴いて、時々感想も言ってるだろ？　それを合わせた分だよ」

しかも三人だと二往復しなきゃいけないところを、あたしがいるから一回で済んでいる。

「はいはい。ったく、ジュースくらい自分で買えよな」

とかなんとか言いながら、結局奢ってくれるんだから、こいつらも結構人がいい。

ジュースを飲みながらふと美羽に目線を向けると、美羽は不思議そうにあたしを見ていた。

「ん？　どうした？」

「あ、いや、その……楓がこうやって、学校で誰かと普通に話してるの、見たことないから。仲いいんだなって、思って」

そうか。自分では意識していなかったけど、他の人の目にはそう映るのかもしれない。

「別に仲いいわけじゃないよ。こいつらのこともよく知らないし」

「よく知らないのにジュース奢ってもらってる奴は誰だよ」

西山と同じことを思ったのか、美羽も目を丸くしている。その顔が面白い。

「まぁ細かいことはいいじゃん。それより、ボーカルは見つかったのかよ」

あたしが聞くと三人は途端に表情を曇らせ、首を横に振る。

「こいつらのバンド、もともといたボーカルがやめちゃって、今はボーカルなしなんだよ。文化祭で演奏したいから、メンバー探してるらしいんだけど……」

美羽に説明しながら、あたしはハッとした。そして、隣に立っている美羽を見上げる。

「いいこと思いついたんだけど。美羽が歌うってのはどう？」

そう言って立ち上がると、バンド同好会の三人は一斉に美羽へ視線を向けた。

「テスト終わってから一週間後に文化祭だろ？　美羽なら練習しなくても余裕で――」

と、言いかけたところで、美羽はうつむいたまま、あたしのパーカーの裾をグイッと引っ張った。そして、静かに首を横に振る。

その仕草に、また自分が早まってしまったことに気づいて、「あ～」と声を漏らす。

人生は一度しかないし、時間も限られていると思うと、どうしても即行動したくなってしまうのは悪い癖だ。

歌うのは大好きだけど、美羽は人前では歌えない。昨日は、あの場にいたのがあたしだったから歌ってくれただけなのに。

「ごめん。マジで」

謝ると、美羽はまた首を振ってあたしを見上げた。

「何、早坂って歌えんの？」

中嶋が言うと、他のふたりも意外そうな視線を美羽に送っている。だからあたしは、「は？　そんなこと言ってないし」と、誤魔化した。

「んじゃ、今日もバイト頑張ってくるか」

色々聞かれる前に退散しようと、壁から背中をひょいと離した。

「行こう、美羽」

あたしは三人に向かって軽く手を上げ、「じゃーな」と言って美羽と一緒にその場を立ち去る。美羽は一度振り返り、三人に向かって小さくお辞儀をしていた。

学校を出ていつものバス停に立つと、あたしはすぐ美羽に謝った。

「ごめん、なんも考えないであんなこと言って」

「ううん、謝らないで。全然気にしてないし、本当はさ……」

美羽がそう言いかけたところで、ちょうどバスが来た。今日は空いていたので、ふたり掛けのシートに美羽と並んで座る。

「本当は、の続きは？」

発進してからあたしが聞くと、美羽は「うん」と一度頷いてから口を開く。

「本当は、あの、文化祭とかみんなの前で歌えたら、気持ちいいんだろうなって……ちょっと思ったんだ。だけど、私にそんな勇気はないし」

「そっか。まぁ、無理する必要はないと思う。美羽が歌いたいって思った時に歌えばいいじゃん。そん時、あたしは一列目のど真ん中を陣取るけどな」

あたしが言うと、美羽は笑ってくれた。

冗談に聞こえたかもしれないけど、結構マジだ。

美羽がいつか大勢の前で歌う時がきたら、あたしは一番の特等席でその姿を見てみたい。見られればいいなって、本気で思う。なんせ、美羽の才能を見つけたのはあたしなんだから。

すると、美羽がなぜかあたしを見つめたまま目を逸らさない。

「何？　なんかついてんのか？」

「あ、ごめん。だって、こうやって近くで見ると、楓って、その……すごく美人だなって思って」

「はぁ!?」

思わず声を上げてしまったあたしは、すぐにすみませんと周囲に謝り、両手で自分の口を塞《ふさ》いだ。

「いきなり何言い出すんだよ、アホか」

　恥ずかしさを隠しながら小声で言い、視線を窓の外に逸らす。

「ごめん、だって、本当にそう思ったから。綺麗だってことは知ってたけど、近くで見たら改めてそう思っちゃって。私なんかが、こうして隣にいることが……すごく不思議だなって思うくらい……」

「は？　なんだよ、それ」

「なんか、私ってこんなだけど、楓と一緒にいると……なんか、自分が強くなれたような気持ちになるんだ。堂々としていて、まわりに流されなくて、羨《うらや》ましいなって」

「別に、美羽はそのままでいいじゃん。誰かと比べる必要なんてないと思うけど」

　あたしが言うと、美羽は切なそうに目を伏せた。

「比べたくなくても、なんていうか、みんなと違うって思っちゃうのが私で、だけど、そうやって前向きに考えられるところが、楓なんだよ。だから楓は、すごく強いよ……」

　確かにそうかもしれない。人はみんなそれぞれ考え方も性格も違うし、同じにはなれない。でも、だからこそ比べる必要なんてあるのかって、あたしは思う。

　美羽は歌が好きで上手で、人の心を動かすような力を持っている。それだけでいいじゃんって。それに……。

「あたしは……強くなんかねぇよ……」

窓の外を見つめながら、自分に語りかけるようにぽつりと呟いた。

＊

美羽とは学校では変わらず、特に親しく接することはない。だけど、授業中でも休み時間でも最近は美羽とよく目が合うようになった。

それは多分、あたしが美羽を見ているからだ。

今日は元気かなとか、何か悩んでいないかなとか、気づけばそんなふうに美羽を心配している自分がいた。

そのたびに、過保護な親かよって自分に突っ込んで目を逸らす。毎日その繰り返しだった。

美羽の歌を聴いてからのたった一週間で、自分でも笑っちゃうほど美羽という存在が大きくなっているのが分かる。

最初は美羽の歌を金もうけに使うことしか考えてなかったけど、今はそれだけじゃない。

美羽の歌声が本気で好きだということと、それから、自分は駄目だと思っている美羽に自信を持ってもらいたいんだ。

　あたしにそんなことを言う権利はないかもしれないけど、動画配信をすることで、少しでも美羽の自信に繋がったらいいなと思う。

　そんなことを考えながら、お気に入りのTシャツと黒いパンツを着たあたしは、タブレットをリュックに入れて出かける準備をした。

　日曜の朝八時。弟は毎週見ているアニメにくぎ付けで、母は夜勤明けで眠っている――はずなのだが、急に襖《ふすま》が開いたので、あたしは驚いて思わず「おっ」と声が出た。

「何、どしたの」

「ん……トイレ」

　母は眠そうに目をこすりながらトイレに向かった。平日は日勤だけど週末は夜勤になることが多く、不規則なので体を壊さないか正直心配だ。

　それもこれも、自分のせいで家賃の高い都会に引っ越してきたり、色々とお金がかかるせいなのだけど……。

「出かけるの？」

「うん」

「最近調子はどう？」

「まぁ、いいんじゃないかな。推しもできたし」

「推し？」

　お母さんが不思議そうに首を傾げる。

「そう、推し。推しがいるとさ、なんつーか、頑張れるんだよね」

　あたしの推しとはもちろんＡＭＥと、それから美羽のことだ。

「へ～、いいじゃん。でもあんまり無理しないでよ」

　お母さんが、心配そうにあたしの腕をさすった。

「平気だよ。お母さんこそ無理すんなよ」

「私は大丈夫よ。ていうか、お母さんの推しはあんたたちなんだから、あんたたちのことを思えば頑張れるんだよ」

　それが心配なのだけど、何を言ったって仕事をやめるわけにはいかないということも分かってる。だから、あたしにできるのは少しでもお母さんの負担を減らすことだけだ。

「朝の薬は飲んだの？」

「あっ、やべ、忘れてた」

「もう、それだけは絶対に忘れちゃ駄目だよ」

「ごめんごめん」

慌ててコップに水を入れて薬を飲んだあたしは、今度こそ玄関でスニーカーを履いた。

「今度家にいる時、進路のことも一緒に考えようね」

「はいよ。じゃー行ってくる」

お母さんに手を振って家を出ると、すっかり忘れていた進路のことを頭の片隅に入れ、アパートの階段を下りる。そして自転車に乗り、いつもの場所に向かった。

そこは自宅から自転車で五分ほどの場所にある、大きな公園だ。公園といっても遊具は隅のほうにほんのちょっとあるだけで、広場と言ったほうが正しいかも。

休日になると芝生の上にレジャーシートを広げた親子連れや、バトミントンをしている子供、ダンスの練習をしている若者、広場の周囲をジョギングしている人などで賑わっている。

その広場の木陰にシート敷いて絵を描くのが、あたしのいつもの過ごし方だ。

自転車を所定の場所に止め、広場に入った。朝八時という時間帯は風も涼しく、まだ人もまばらだ。

広場の周囲に立っている木々の中から、いつもの場所を選んでシートを敷いた。

タブレットを取り出し、木の幹に寄りかかって絵を描きはじめる。

次の美羽の歌には、どんな絵を合わせようか。この前は比較的静かな曲だったから、逆にボカロでもいいかも。そうすると、目に留めてもらうにはインパクト強めのイラストがいいかもな。

線は太く、色もハッキリと……。

色々と戦略を考えながらペンを動かしていたのだけど、なかなか思うように進まず、手が止まってしまった。

流行り、万人受け、バズる。そういうことを意識しながら描いているのに、『それでいいのか』と、対抗するような言葉が同時に浮かんでしまう。まるで集中できない。

「くそっ、分かってるっつーの」

本当は、何も考えずに描きたい絵を自由に描きたい。美羽のように、好きっていう気持ちだけで。

だけど、せっかくの美羽の歌声を台無しにしてしまうような絵じゃ駄目なんだ。自分が描きたい絵より、多くの人が好きだと思うような絵じゃないと。

よりたくさんの人に美羽の歌声を聴いてもらうほうが大事だし、金だって、そのほうがきっと稼げる。

一度タブレットを置いてスマホを手に取ったタイミングで、美羽からメッセージが届いた。

【おはよう。今日は何してるの？　もし暇なら、会えないかなって。忙しかったら全然いいんだけど】

そういえば、歌の録音をする日以外にも会えたら会いたいと言われていたな。

【暇だよ。つーか今、公園でイラスト描いてる】

【公園？　私も行っていいかな？】

【いいけど、カラオケに行くわけでも喫茶店に入るわけでもないし、あたしは絵を描いているだけだけど、それでもいいか？】

【もちろん、いいに決まってるよ】

場所の地図を送ってから三十分ほど経った頃、美羽が広場にやってきた。

長い髪を揺らしながら小走りで近づいてくるけど、急いでいるから転びそうで危なっかしい。

「ごめんね、急に、その……」

「謝んなよ。それより座って。つーか、別に追われてるわけじゃないんだから、走るなよ。転ぶんじゃないかと思ってひやひやしたじゃん」

「ご、ごめん。だって、その……早く行きたかったから」

あたしの隣に座った美羽は、下ろしたトートバッグからペットボトルの水を取り出し、ひと口飲んだ。

「こんな公園、あったんだね」

少し息を整えてから、美羽は広場を見渡した。

「うん。今は過ごしやすい時季だから、結構人もいるだろ？　夏でも朝早い時間は、木陰ならそこまで暑くないし。なんか気分転換になるんだよ」

気持ちが沈みそうになった時とか、何も考えたくない時とかも、あたしはひとりでここに来ることがある。

ただ外の空気を思いっ切り吸い込むだけで、気持ちを切り替えられたりするし。

「ここで絵を描くのは、日曜の朝だけだけどな」

もう一度タブレットを持ったあたしは、動画配信サイトを開いて美羽のほうに向けた。

「でさ、美羽はまだ自分の動画見てないだろ？」

「あっ……うん。ごめん、なんか怖くて」

「これ、見てみな」

あたしが言うと、美羽は恐る恐る視線をタブレットへ移す。

「金曜に初めてチャンネルを作って投稿したんだけど、すでにこんだけの人が視聴してくれてんだよ」

一昨日投稿して視聴数が八十回を超えているから、恐らく来週には百回いきそうだ。

もちろんバズるにはほど遠いし、これでは収益も得られないけど、初めてのわりにはいいと思う。

なんせ二年前にあたしが初めてイラスト作成チャンネルを作って動画を上げた時なんて、視聴回数十三とかだったんだから。それを見て『全然駄目じゃん』とか言って、ひとりで爆笑したことを覚えている。

今だとアニメ系のイラストなら三百を超えるけど、当時は二ヶ月くらい登録者数もさっぱりだった。

それに比べたら、美羽の歌ってみた動画の出だしはかなりいい。

「あの……私の歌を、八十回以上も見てくれてるって、こと？」

「言っとくけど、ひとりが八十回ってことじゃないからな。続けて二回見たって一回しかカウントされないらしいから、つまりは八十人近くも見てるってことになる」

「私の歌を、そんなに……？」

「初投稿三日でこれは結構頑張ったほうだけど、あたしはこんなもんじゃないって思ってる。美羽の歌は、まだまだこれからだ」

美羽は自分の歌が流れている動画を真剣に見つめながら、膝の上に置いた拳《こぶし》をギュッと握った。

「だけど、私はこれだけでも、じゅうぶんだよ……。だって、今までは、その……合唱とかの授業で小さな声で歌うくらいしか、みんなの前で歌ってないのに。それが、急に三クラス分くらいの人が聴いてくれて……なんか、不思議っていうか……」

「何言ってんだ、こんなんでいいわけないだろ。美羽の歌はこれからだよ。まだ一回しか投稿してないんだし。この前とのギャップをつけたいから、次はボカロで考えてるんだ。歌声とか歌い方が全然違うほうがインパクトあるし」

「う、うん。私はどんなのがいいか分からないし、楓がそのほうがいいって言うなら、私はなんでも。歌が歌えれば、それで幸せだし」

照れながらも、美羽は本当に嬉しそうに微笑んだ。

その表情を見ただけで分かる。歌うことが本当に好きで、歌えればそれでいいんだってことが。

あたしとは……大違いだ。

「楓は、次の動画用のイラストを描いてたの？　それとも、別の絵？」

「動画のだよ」

あぐらをかいたあたしは、タブレットを自分のほうに戻してイラストアプリを開く。

「前に見せてくれた、楓が描いた女の子のイラスト、あれすごく好きだけど、こういうイラストも描けるんだね」

「まぁね。曲に合わせたり人気が出そうなイラストのが、見てもらえる確率も上がるし。ボカロと合わせるからインパクト強めなイラストがいいんだけど、なんかごちゃごちゃ考えちゃって、なかなか進まなくてさ」

あたしが言うと、タブレットで描いた絵を美羽はジッと見つめている。

「私は……楓が描いていて楽しいと思えるイラストで、いいと思うな」

「えっ？」

「あ、ごめん、私なんかが絵について言うのはおかしいけど、でも、見てもらう確率とかそういうのより、私は楓に楽しんでイラストを描いてほしいから。む、むしろ、えっと……楓のイラストに合うような歌を、私が頑張って歌うよ」

そう言って、美羽はあたしを見つめた。

おかしいな。ここは木陰のはずなのに、なぜか美羽がすごく眩《まぶ》しく見える。

美羽はあたしをすごいとか強いとか言うけど、本当にすごいのは、やっぱり美羽のほうだ。

人の心を掴む歌声を持っていて、自分の弱さから目を背けることなく、ちゃんと真剣に考えて悩んで。何より、好きなことに真っ直ぐ向き合っている。

そんな美羽が、あたしは羨ましいんだ。

この先も美羽は、大好きな歌をたくさん歌うんだろうな……。

ペンを握りしめてタブレットに視線を落としたあたしは、途中まで描いていたイラストを全部消した。

そして、自分の好きなタッチで、好きなように描きはじめる。

光に包まれて、優しく微笑んでいる女の子のイラスト。その光は虹のようにカラフルで、女の子のまわりにはたくさんの草花を描いた。一本一本の線を細かく、繊細に。たくさんの色を重ねて……。

胸の中にある不安とかそういうのを全部忘れて、ただひたすらに好きだという気持ちだけで描く。

好きなように描くのは楽しくて、心が躍る。

心が軽くなって、邪魔するものや感情が何もない、まるで雲の上で描いているみたいな気持ちになる。

そう思えるのは、隣に美羽がいるからかもしれない。

ひとりだと色んなことを考えて苦しくなってしまう気持ちも、美羽と一緒にいると、不思議と薄れていく。

仲良くなってまだ数日なのに、まるで昔からずっと友だちだったかのようだ。

こんな感情は初めてで、理由なんて分からない。だけど。

『楓が描いていて楽しいと思えるイラストで、いいと思うな』

純粋でひたむきで真っ直ぐな美羽の気持ちが、あたしの心を揺さぶるんだ……──。

第七章　折れた翼

楓について、最初は漠然と、かっこよくて自由で強いというイメージだった。

それは、実際に話してみてもやっぱり変わらなかったし、自分を持っていてまわりに流されない人だと思う。

だけど……ちょうど一週間前の火曜日、楓に連れられてバンド同好会の人たちと会った日、私はそれまで見たことのない楓の顔を見た。

ふたりでバスに乗っていた時、窓の外を見つめる楓の表情がとても寂しげだったんだ。

ほんの一瞬だったけれど、まるで明日世界が終わってしまうかのような、そんな悲痛な顔に見えた。

それに、もうひとつ。

『あたしは……強くなんかねぇよ……』

そう呟いた楓の声が、聞こえた。いつもみたいにハッキリ堂々とした声じゃなくて、消えてしまいそうなほど小さく弱々しかった。バスのエンジン音がもう少し大きかったら、きっと聞こえなかっただろうなと思うくらい。

楓のことを少しは分かった気になっていたけれど、実際はそうじゃないのかもしれない。

あんな顔を見せる楓が何を思っているのか、考えても全然分からなかったから。

だからこそ、私は日曜日に楓に会いたくなって連絡をしたのだけど、あの時のような切なげな表情を私に見せることはなかった。

むしろ、とても楽しそうにイラストを描いていたと思う。

隣で見ていただけだけれど、踊るようにペンをするすると動かしていた楓からは、イラストが本当に好きだという感情だけが伝わってきた。

私の思い違いならいいんだけど、楓の相反する表情がどうにも気になって……。

火曜日の今日、一度家に帰った私は、悩んだ末にひとカラに向かった。

行ったところで楓はバイトだし、話ができるわけでもないけど、ただ顔が見たくて。

そう思った時にはもう、玄関で靴を履いていた。

今日行くことを楓には連絡していないけど、大丈夫かな。迷惑じゃないかな。とりあえず顔が見たいだけだから、混んでいそうなら帰ろう。

ビルに入り、三階に上がって店の自動ドアが開くと、受付にいる店員さんがすぐに目に入った。

黒いマスクをつけた楓は「いらっしゃ……」と顔を上げ、私を見つけた途端に言葉を詰まらせた。

「美羽じゃん！」

ワントーン上がった楓の声に、私は安堵《あんど》の笑みを浮かべる。

「ごめん、あの……何も連絡しないで、急に来ちゃって」

「そんなの別にいいよ。急に歌いたくなることだってあるんだし、いちいちあたしに連絡しなくたって好きな時に来ればいいじゃん」

「……うん。あと、その……」

「ん？」

歌いたくなったんじゃなくて、楓の顔が見たくなったんだ。なんて、言えるわけないけど。

「楓が……元気かなって、思って……」

ちらりと目線を上げたけれど、恥ずかしくなってすぐにうつむいた。

「何言ってんだよ、今日も学校で会ったじゃん」

「そう、なんだけど……」

「でも嬉しいよ。ありがとな」

顔を上げた私の目に、嬉しそうに笑みを浮かべた楓が映る。普段は凛々《りり》しい楓の目尻が、少しだけ下がったのを見て、私はホッと胸を撫で下ろした。

やっぱり、あれは私の気のせいだったんだ。

「一時間でいいのか？」

「うん。テストも近いし、少し練習するだけだから」

「そっか、じゃあ頑張れ。あとで飲み物持っていくよ」

カゴをもらって八番の部屋に入り、歌の練習をはじめた。

一週間前は曲を入れるだけで全身が強張っていたけれど、もう緊張はしない。

あるのは、ただ大好きな歌を思い切り歌える喜びと、楓の動画の力になりたいという強い思いだけだ。

ここにいて歌っている時だけは、私もほんの少し、強くなれているのかな。

＊

結局、次の日の水曜日も歌の練習と、それから楓の顔を見に、一時間だけひとカラに行ってしまった。

そして録っておいたアニソンとボカロを、楓が水曜と金曜に配信。

日曜にはまた公園に行き、イラストを描いている楓の隣に座って、ゆったりとした時間を過ごした。

楓に歌ってほしいと頼まれた日から二週間が経ち、あっという間に五月も下旬。月曜の今日は、待ちに待った二回目の歌収録の日だ。

先週二回もカラオケに行ったのに、歌を楓に聴いてもらえると思うと朝からわくわくして、どうにも落ち着かなくて大変だった。

帰りの支度をしてスマホを鞄から出した私は、いつも通りお母さんにメッセージを送る。

【今日も図書館で勉強するから、帰りは十九時頃になる】

友だちと勉強をすると伝えておけば、あとであれこれ詮索されることも、余計な心配をさせることもないだろうと思っていた。

だからカラオケに行く日は、そう言うようにしているのだけど……。

【今日は話があるから、真っ直ぐ帰ってこられない？　勉強なら家でもできるでしょ】

「えっ……」

——どうしよう。

お母さんの言う通りだけど、本当は勉強をするわけじゃないから、家では絶対に無理だ。

でも、図書館じゃないと駄目だと言い張れるほどの理由なんて、思いつかない。

かといって、正直に話せば絶対に心配されるだろうし……。

「どうかした？」

ロッカーの前で黙り込んだまま眉間にしわを寄せている私に、楓がうしろから声をかけてくる。

気づけば教室は空っぽで、彩香も由梨もいない。廊下にいる生徒の数もまばらになっていた。

「あの、実は……──」

お母さんから届いたメッセージのことを、楓に話した。

「今日は歌を録る日なのに……」

落ち込む私の隣で、楓は腕を組んで何やら考え込んでいる。そして「うん」と一度頷いてから口を開いた。

「あのさ、本当のこと話したほうがいいんじゃね？」

「だ、だけど、うちのお母さん、すごい心配性で……」

「そうだとしても、これからずっと嘘つくわけにはいかないだろ。それにさ、何も悪いことしてるわけじゃないんだ。まぁ、その分勉強時間が減るってのはあるかもしれないけど」

「でも……」

「もし嘘ついたことを怒られたら、これからはちゃんと本当のことを話すって言えばいいじゃん。テスト前は駄目だって言われたら、それは受け入れてさ」

楓の言う通り、嘘をつき続けられるとは思っていなかった。だから、これは本当のことを話してお母さんに理解してもらう、いい機会なのかもしれない。

「あたしは美羽にこれからも歌い続けてほしいから、そのためには親の理解も必要だろ？　ていうか、美羽の歌を聴いたら驚いて、そっこーでいいって言ってくれるんじゃね？」

「……どうかな」

お母さんはなんて言うだろう。心配されるのは間違いないけど……。

「なんならあたしも一緒に行って説明したっていいけど」

「ありがとう。でも、自分でちゃんと話してみるよ。もしかすると、今日はカラオケ行けないかもしれないけど」

「そんなん気にするなよ。別にいつでもいいんだから」

学校を出た私たちは同じバスに乗り、私はうしろ髪を引かれる思いで楓よりも先に降車した。

正直、お母さんがどんな反応をするかよりも、私が言いたいことをうまく言えるかどうかのほうが不安だ。

お母さんはちゃんと最後まで聞いてくれるだろうか。想定しないことを聞かれたりしたら、私はうまく返せるのか分からないし。

でも言うことは決めてあるし、帰りのバスで何度も頭の中で繰り返したんだから、頑張るしかない。

不安を抱きながら家に帰ると、お母さんはリビングにいた。

私はひとまず部屋で着替えて心を落ち着かせてから、一階に下りる。

「ここに座りなさい」

怒っているような声じゃないけど、いつものような明るい声でもない。

言われた通り、私はお母さんと向かい合うようにダイニングテーブルに座った。

「最近、学校帰りとか日曜日に出かけてるけど、本当に勉強してるの？」

昔から、お母さんは私の嘘に敏感だ。なぜか分からないけれど、どんなに小さな嘘でもすぐにばれてしまう。

今回のことも、もしかするととっくに気づいていたのかもしれない。だから話があるなんて言ってきたのかも。だとしたら、やっぱりちゃんと正直に話すしかない。

少しだけ間を置いてから、私は口を開いた。

「実は、その……ごめんなさい。図書館に行くって言った日は……友だちと、カラオケに……行ってたんだ」

「……え？」

明らかに怒っている時の声だ。私は両手を膝の上に置いてうつむく。

「どうしても……その、行きたくて。一時間だけ……」

「時間の問題じゃないでしょ。なんで嘘ついたの？　嘘つくってことは、何かやましいことがあるからじゃないの？」

違う。そういうことじゃなくて、本当のことを話して駄目だって言われたら困るから、だから嘘をついてしまったんだ。

今思えば、最初からちゃんと事情を話してお願いしていればよかったのかもしれないけど、その時は嘘をつくことしか思い浮かばなかったから……。

そう思いながらも、私は言葉に出すことができず、黙ったまま首を横に振った。

「悪いことだって分かってるから嘘ついたんじゃないの？　嘘ついてまで行かなきゃいけないことだったの？　友だちって誰？」

声が出せない。ちゃんと言わなきゃって思うのに、言いたいことが頭の中でごちゃごちゃになって、うまく伝えられない。

「黙ってたら分からないでしょ？　何か言いなさい」

言いたい。言いたいのに、なんで声が出ないんだろう。

きっと、私の頭の中は複雑な迷路のようになっていて、だから時間がかかるし、すんなり言葉が出てこないんだ。

そのうちに涙がじわりと溢《あふ》れてきて、私は唇をグッと噛んだ。

「誰と行ったのかくらいは言えるでしょ」

「……クラスの……その……佐久間さん……」

今まで親しかったわけじゃないから、家で楓の話をしたことはない。だからなのか、ようやく口にした名前を聞いて、お母さんは訝《いぶか》しげに目を細めた。

「それで、日曜日もカラオケに行ってたの？」

「ち、違う。その、日曜日は公園で、楓が絵を描いていて、私はそれを見ていて」

「見てただけ？　じゃあ勉強はどうしたの？　お母さんが勉強しなさいって言うのは、テスト前だけだよね？　毎日何時間もやれなんて言ってないでしょ？　このまま勉強しないでテスト受けるの？」

何も言い返せないまま、私は首を横に振る。

そんなことない。そんなつもりはない。楓と会っていない日は勉強してるし、何もしてないわけじゃない。

「テスト前の勉強すらやらないで、お母さんに嘘ついて遊んで、信用できなくなるよ。本当なら、進路だってちゃんと考えなきゃいけない時期なのに」

悪いのは、嘘をついた私だ。

それは分かってるけど、だけど私が嘘をついてしまうのは、毎日毎日あれこれ心配してくるお母さんの言葉が重いからだ。

『大丈夫？』って何度も何度も聞かれたら、大丈夫じゃない時だって、頷いてしまう。これを言ったらまた心配させちゃうかなとか考えて、言えなくなるんだ。

「黙っていたって分からないでしょ。何か言いなさい」

それでも私は、言葉が出なくて黙り込んでしまった。

「テスト来週でしょ？　これからどうするのか、ちゃんと自分で言いなさい」

このまま何も言わないでいいわけがないし、嘘をついたのは私なんだから、言わなきゃ。

また少し考えてから、テーブルの上に視線を落として、小さく唇を開く。

「これからは……テスト勉強を、ちゃんとやる。テストが終わるまでは……遊びに行かない」

精一杯、絞り出すように言った。

「お母さんが怒ってるのは勉強してなかったことじゃなくて、嘘ついて遊んでたことだって、分かってる？」

お母さんに聞かれて、私は頷いた。

「本当に分かってるならいいけど。何も遊ぶなって言っているわけじゃないんだから、嘘つかないでちゃんと言いなさい」

「……うん。ごめんなさい」

最後にそう言って部屋に戻った私は、勉強机の上に数学のワークを置き、椅子に座ってため息をついた。

肝心なことを、私はまた言えなかった。

歌が大好きだってことは、お母さんにも絶対に言おうと思っていたのに。

あとは、心配をかけないために嘘をついてしまったということも。

『大丈夫?』と毎日聞かれることが、しんどいということも。

なんで私は、思ったことをちゃんと口に出せないの?

なんでハッキリ言えないの?

彩香も由梨も、お母さんと時々喧嘩《けんか》をするらしい。彩香なんて、言いたいことをぶちまけて二、三日口をきかないこともあると言っていた。

私も、それができたら今より楽になるのかもしれないけど、言えるわけない。

机に置いた手のひらをギュッと握り、悔しさを呑み込むように目を閉じた。

そして、鞄からおもむろにスマホを取り出し、メッセージを送る。

【ごめんね、楓。私やっぱり駄目だった。言おうと思っていたことの半分も言えなかったよ。今はテスト勉強に専念しなきゃいけないから、歌えるのはテストが終わってからになっちゃう。本当にごめんね】

すると、バイト中のはずなのに、待っていたかのようにすぐに返信がきた。

【全然いいよ。親にはまた今度話せばいいんだから。歌のことも気にするな。ていうか、あたしも勉強しなきゃヤバイかも、笑】

【ありがとう。ごめんね】

【謝るな。テスト終わったら、思いっ切り歌えよ！】

楓からのメッセージをしばらく見つめたあと、ワークを開いてシャーペンを手に持った。

とにかく今は、テストに向けて頑張ろう。

心配されなくても、毎日『大丈夫？』って聞かれなくても、大丈夫になれるように。

せめてテストだけは頑張るしかない……。

＊

楓とは学校で顔を合わせるから、そこまで寂しくはなかった。

歌えないことで楓に迷惑はかけてしまったけれど、それも今日までだ。

お母さんに怒られてから一週間、とにかくひたすら勉強をして三日間のテスト期間を無事終えた。

帰りのホームルームが終わると、私は真っ先に楓の席に向かう。

「楓、あの……」

私が声をかけると、座っている楓が私を見上げるのと同時に、まわりにいるクラスメイトが驚いたように私の動向を目で追う。

これまで、学校ではお互い距離をとっていた。楓がどう考えているのかは分からないけれど、楓と私じゃ釣り合わないし、私なんかと仲がいいと思われたら楓に悪い気がして、あえてあまり声をかけないようにしていたんだ。

でも、もうそうやってあれこれ考えるのはやめた。

高校三年の今という時間は戻らないわけで、楓と同じクラスで過ごせる時間も今しかない。学校でも楓と仲良くしたいという今の気持ちを、私は大事にしたいから。

テストが終わったことによる解放感が、ほんのちょっとだけ私を強くしてくれたのかも。

「あのさ……今日は木曜だけど、その……時間があれば、行かないかなって……」

なんのことかすぐに察したのか、楓はちょっとだけ口角を上げて、「いいね」と答えてくれた。

お母さんには、今日カラオケに行くとあらかじめ伝えてあるから堂々と行ける。

「今日バイトないし、行くか」

立ち上がり、リュックを背負いながら楓が言うと、教室の中が一気にざわついた。

まるで、これまでずっと仲がよかったかのように自然と会話をしているのだから、ちょっとした騒ぎになるのも無理はない。

みんなの視線にどんな感情が含まれているのか、まったく気にならないわけじゃないけど、それでも歌を楓に聴いてもらえるという喜びのほうが断然勝っていた。

「じゃ、行こう」

「うん……」

教室を出ていつものようにバスに乗ると、空いているふたり掛けの席に並んで座った。

イヤホンを取り出した私は、「聴く？」と言いながら片方を楓に渡す。

「いいね」

ニッと口角を上げた楓は、イヤホンを左耳につけた。

私はスマホを操作し、自分のプレイリストを流す。

いつもの聴き慣れた曲が耳に流れ込んでくると、心が穏やかになるのが分かる。

ふと隣を見ると、楓も目を瞑って穏やかな表情をしていた。同じ曲を聴いていることが嬉しくて、私も同じように目を瞑る。

ふたりで同じ音楽を聴きながら過ごす三十分は、あっという間だった。バスを降りた瞬間、顔を見合わせて「早くない？」と声を揃えたことに、私たちは思わず笑ってしまった。

カラオケ店に入ると、楓が動画配信しやすいように、できるだけ色んなジャンルの曲を入れ、限られた時間の中でとにかく歌う。

色んな思いを爆発させるかのように、好きな歌を精一杯心を込めて。

何度か楓にも歌うことを勧めたのだけれど、「絶対無理」と言って頑《かたく》なに拒んだ。

その代わり、楓はずっと私の歌を真剣に聴いてくれて、何度も何度も褒めてくれたんだ。そのたびに、自分の心が少しずつ強くなっていくような感覚になった。

そして一時間がこれまたあっという間に過ぎ、午後五時。カラオケ店をあとにした。

「今日は母親が仕事で弟ひとりになっちゃうから、もう帰らなきゃいけないんだ。本当はまたあの喫茶店とか行って話したかったけど」

「ううん、全然いいんだよ。私こそ、無理言って木曜日につき合ってもらってごめんね」

「いや、誘ってくれて嬉しかった。間に合えば今日の分を明日配信するから、そしたらまた連絡するよ」

「うん、分かった」

前と同じように楓はバス停に、私は駅に向かう。

クラスのみんなの前で私から楓に声をかけたのだから、明日からは学校でも普通に話をしよう。

朝の挨拶も、休み時間も。昼休みは、お弁当を一緒に食べようって言ってみよう。

楓はいつもひとりだし、もしかすると恥ずかしいから嫌だって言われるかもしれないけど、それでも強引にお願いしよう。そしたらきっと楓は、『仕方ねぇな』って言って、一緒に食べてくれると思うから。

そんなことを想像しながら微笑んだ私は、三駅目で電車を降り、そのまま帰宅した。

「ただいま」

平日なのに珍しくお母さんの声がしない。その代わりお姉ちゃんがキッチンにいた。

「あ、美羽お帰り」

「お母さんは？」

「さぁ、出かけてんじゃない？　もうすぐ帰ってくると思うけど」

「そっか。ていうか、何してるの？」

「ん？　アイスが確かあったな～と思って」

冷凍庫を何やら漁っていたお姉ちゃんは、「あった！」と言って嬉しそうに二階へ上がっていった。

私は手を洗ってから部屋に入り、着替えてベッドの上に転がる。

音楽を聴こうとスマホを取り出すと、ガチャッと玄関が開く音がした。

多分お母さんだろうなと思ったら案の定、

「美羽、いる？」

私を呼ぶお母さんの声が聞こえた。

何を言われるのかはだいたい分かる。恐らくテストはどうだったのかとか、学校はどうだとか、宿題はあるのかとか、そういうことだろう。

リビングに下りると、お母さんは買ってきた食材を冷蔵庫に入れていた。

「何?」

私が聞くと、お母さんは冷蔵庫を閉めて私のほうを向く。

「今日さ、カラオケ行ってたんでしょ?」

「うん」

「お母さんショッピングセンターに行ってたんだけど、美羽のこと見かけたから」

「え?」

一瞬戸惑ったけれど、悪いことは何もしていない。だから、堂々と本当のことを言えばいいだけだ。

自分に言い聞かせ、落ち着いて答えた。

「うん、テスト終わったら、カラオケ行くって言ったじゃん? だから、その……友だちと」

「友だちって、同じクラスの子?」

「うん、そうだよ」

「背が高かったから一瞬男の子かと思ったけど、なんか髪の色がすごかったね。美羽とはタイプが違うように見えたけど、仲いいの?」

その瞬間、心臓が嫌な音を鳴らした。

どうして、そんなこと聞くの? カラオケに一緒に行ったんだから、仲いいに決まってるのに。

「もしかして、嘘ついて遊んでたのって、あの子と?」

私が何も答えずに唇を噛むと、お母さんが少しだけ顔をしかめた。私のことを疑っていたり、心配したりした時の表情だ。

なんでそんな顔するの? あの時は私が勝手に嘘をついていただけで、楓は何も知らなかったし、何も悪くない。

そう言いたいのに、また声が出なくなる。

きっと、髪の色に驚いたのかもしれない。お母さんくらいの歳の人がそう思うのは仕方がないけど、楓はいい子だ。

髪を染めているのも、本人がそうしたいからやっているだけで、校則違反でもなんでもない。

むしろ、楓は私なんかよりずっとしっかりしていて、私の気持ちを唯一理解してくれる友だちなんだ。

そう言いたいのに、なぜか鼻の奥がツンと痛くなって、じんわりと涙がこみ上げてくる。

「その子に何か頼まれたりしても、できない時はちゃんと断るんだよ。性格が合わない子とはあんまり深く付き合わないほうが、トラブルに巻き込まれることもないし」

お母さんは、酷い勘違いをしてる。

それもこれも、私を心配しているからだ。お姉ちゃんと正反対で、みんなと同じようにできない私だから。言いたいことを言えない私だから、無理してつき合ってると思われているんだ。

私のせいで……私がそばにいると、楓のイメージが悪くなる……。

怒りじゃなくて、どうしようもない悲しみに襲われて、心が重く沈んでしまいそうだ。

「お母さん、私……大丈夫、だから……」

だからお願い、これ以上何も言わないで！

心の中でそう叫んだ私は、二階へ駆け上がった。

これ以上話をしていたら泣いてしまう。泣いたらまた心配をかけるし、誤解されてしまうかもしれない。

何を聞かれても、今はいつも以上に思っていることを言えない。冷静に答えられない。

部屋に入った私は、やり場のない思いをどこにどうやってぶつけたらいいのか分からず、そのままベッドにうつ伏せになって布団を強く握った。

お母さんが私を過剰に心配するのは、私のせいだ。

私が言い返さなかったから、楓の印象が悪くなった。

大好きなのに、なんで楓はいい子だってすぐに言えなかったんだろう。

最低だ。

私のせいで、大好きな楓が……――。

*

昨日はあれから、夕食の時にまたお母さんと顔を合わせたけれど、楓について聞かれることも、学校のことをあれこれ言われることもなかった。

今朝もそうだ。いつもと同じように『忘れ物はない？　大丈夫？』と聞かれるだけだった。

だけど、今度またカラオケに行く時、お母さんはなんて言うだろう。楓のことをまた悪く思われるかもしれない。それが、どうしようもなくつらい。

バスに乗っている間、ずっとＡＭＥの曲を聴いていたけれど、心は苦しいままだ。

学校に着いて一番に教室に入った私は、いつも通りのルーティーンで準備をする。

ソワソワしながら待っていると、しばらくして楓が登校してきた。その瞬間、私はガタンと椅子を鳴らして立ち上がり、楓の席に向かう。

「楓、あの……おはよう」

「あぁ、おはよう」

楓は昨日と何も変わっていないのに、私はまるで初めて話をするかのように緊張して、声が少し震えた。

「美羽、どうかしたのか？」

「え？　ううん、なんでもないよ」

楓は私のちょっとした異変に気づいたのかもしれないけれど、私は誤魔化すようにヘラヘラと笑って自分の席に戻った。

これ以上、余計なことを考えるのはやめよう。そうじゃないと、楓に無駄な心配をさせてしまう。

昼休みになったら一緒に食べようって楓に声をかけて、今日配信するイラストのことを聞こう。

それから、ＡＭＥの新しい曲のことも。これまで通り、何も変わらず……。

三時限目が終わって次の授業の準備をしていると、教室を出ていく楓が目に入る。トイレかな。そう思っていると、彩香と由梨が私の席に来た。

「美羽に聞きたいことがあるんだけど」

そして、何かを気にするように視線を周囲に向けたあと、彩香が顔を近づけてくる。

「美羽って、佐久間さんと仲いいの？」

「え？　あ、えっと……」

戸惑いながらも、私が答えようとすると。

「美羽とは、全然タイプが違うよね」

お母さんと同じようなことを言われ、また心臓が嫌な音を鳴らす。

「なんか時々、佐久間さんと話している時あるじゃん？　なんか言われてるんじゃないかって、由梨とちょっと心配してたんだ」

……なんか言われるって、何を？

「ていうか、うちらとは絶対に合わなそうだし」

「うん、そうだよね。私たちみたいな陰キャグループのこととか、見下してそう」

彩香と由梨は「だよね」と、互いの言葉に同調している。

頭を殴られたような衝撃と悲しみに、私は何も言えずにただただ黙り込んだ。

ふたりは楓のことを知らないから、そう思ってしまうんだ。私のことを心配してくれただけで、きっと悪気はないはず。私だって、楓と話をするまでは怖そうな子だと思ってしまっていたんだから、仕方ない。

そう頭では分かっているのに、不快感がお腹の底から湧き上がってくる。

「髪色をしょっちゅう変える人って、嘘つきが多いって聞いたことあるし」

「そうなの？　でも確かに、信用はできないかも」

彩香と由梨は、顔を見合わせて笑っている。

そんなふたりを前に、これまで目を逸らし、見ないようにしようとしていた現実が、私の中で鮮明になった。

今まで私は、怖かったんだ。この学校で唯一話せる友だちがいなくなってしまい、ひとりになることが。

だから本当は分かっていたのに、ふたりからずっと目を逸らしてきた。気づかない振りをしてきた。

彩香と由梨は、昼休みになるとほとんど食堂に行ってしまう。でも、一緒に行こうと誘われたことは一度もない。

授業の関係で食堂に行けない日が時々あって、そういう時は一緒に食べることもある。だけど、私が話に入ると会話が弾まないと分かっているから、私はほとんど聞いているだけだ。まるでそうしてほしいと言われているかのように、ふたりも私に話しかけることはなかった。

ふたりの会話にはいつも誰かの悪口が入っていて、定かではない噂話を事実かのように喋り、また悪口を重ねる。

そんな会話を聞いている私は、胸がチクチク痛んで嫌な気持ちになるのに、何も言わなかった。いつも黙っていた。

嫌われてしまったら、ひとりぼっちになってしまうから。

『昼休みに一緒にお弁当を食べたり一緒に帰ることも時々あって、一番仲のいい友だち』

彩香と由梨との関係を、そんなふうに思い込もうとしていたけれど、本当は全然違う。お弁当を一緒に食べたのも、三人で一緒に帰れたのも、片手で数えられる程度だ。

私たちは、友だちと呼べる相手ではなかったのかもしれない。

今も、楓のことを悪く言って笑っているふたりの気持ちが、私には全然分からない。

「美羽みたいなタイプは、あんまり話しかけたりしないほうがいいよ。コロッと騙《だま》されちゃいそうだし、悪い道に引きずり込まれちゃうかもしれないじゃん。美羽と佐久間さんが話してると、そういうふうに見えちゃうんだよね」

彩香にそう言われた私は、両手の拳を強く握りしめ、唇を噛んだ。

「ち、違うよ……」

静かに小さく、息を吐くように自然と声が漏れた。

聞き取れなかったのか、彩香が「え？」と聞き返してくる。

楓が私の立場なら、きっと、

『美羽のことなんも知らないくせに、勝手なこと言うな！』

って、怒鳴っていたかもしれない。

だけど私は、何も言えなかった……。

ふたりの顔を見ることができない私は、「ごめん」と言って荷物を持ち、席を立つ。

急いで廊下に出ると、戻ってきた楓と目が合った。

「美羽？」

首を傾げる楓を見た瞬間、涙が溢れそうになった私は、何も言わずにその場を走り去った。

振り返らずに学校を出てバス停に向かうと、ちょうどバスが到着していた。一瞬躊躇《ため》ったけれど、息を切らしながらバスに乗り込む。

私が楓と仲良くなっていなかったら、楓が悪く思われることもなかったのかもしれない。

いつもひとりでいる楓は異端児のように映るけれど、孤高の存在として遠巻きに見られるだけだった。それなのに、私が話しかけたりしたから、楓は……。

帰宅すると、家の中はしんと静まり返っていた。【少し具合悪かったから早退した】と、お母さんにメッセージを送る。

楓がお母さんや彩香たちから悪く思われるのは、すごく悔しい。だけど、その原因を作ったのは間違いなく私だ。しかも、楓を庇《かば》うことも強く否定することもできなかった。

楓のためにどうするべきなのか、ベッドに横になり、目を瞑って考えたけれど答えは出ない。

それから三十分ほどで帰ってきたお母さんが、私の部屋をノックした。

「具合、大丈夫？」

「うん、もう平気」

「ならいいけど、無理しないでよ」

お母さんが部屋を出ていくと、今日返ってきたテスト用紙を鞄から取り出す。

何から考えればいいのか分からないけど、まずはこれをお母さんに見せなきゃ。

そう思うと、自然とため息が漏れた。あれだけ頑張って勉強したのに、思っていた点数が取れなかったからだ。

お母さんに認めてもらうために頑張ったのに。心配をかけないように、信用してもらいたくて精一杯勉強したのに、全然駄目だった。

それでも見せないわけにはいかないから、一階に下りてテスト用紙をお母さんに見せた。

眉を寄せ、分かりやすく表情を曇らせたお母さんを見ていると、胸が締めつけられたように息苦しくなる。

「……これが精一杯頑張った結果なら、何も言わないよ。いつも言っている通り、テストの点数が大事なわけじゃないからね。だけど、美羽が自分で何か後悔していることがあるなら、次はそうならないように頑張りなさい」

怒られるのかと思ったけど、そうじゃなかった。私の目を見て真剣に言ったお母さんの言葉が、胸に突き刺さる。

一生懸命勉強したと言い聞かせていたけれど、本当はもっとできたはずだということは、自分でも分かっていた。

最初から嘘なんかつかずに、もっと早くからテスト対策をして、テストが終わってから存分に遊べばよかったって。

ただでさえ勉強のペースも遅くて要領も悪いのに、たった一週間で実力の全部を出し切れるなら苦労なんてしない。

お母さんもきっと、それを分かっていたんだ。

結局いつもいつも親に心配ばかりかけて、私は何がしたいんだろう。

部屋に戻った私は、どうしたらいいのか分からずにベッドの上でただ壁を見つめる。

AMEの曲を聴けば、少しは落ち着くだろうか。

机の上に置いてあるスマホを手に取ると、楓からメッセージが届いていることに気づいた。

【動画アップしたから、時間ある時確認して】

私は歌うだけだけど、楓は絵を描いて動画の編集までしてくれている。それがどんな作業かは分からないけど、決して簡単ではないはずだ。

自分のことがどれだけ嫌いでも、どんなに気持ちが沈んでいても、楓が頑張って作った動画を見ることを後回しにはしたくない。

一度ゆっくり深呼吸をして、できるだけ心を落ち着かせてから、動画を開いた。

驚くことに、登録者数はさらに増えている。しかも二時間前にアップした動画もすでに百人以上が見てくれていて、視聴者数も少しずつ増えていっているようだ。

一番新しいサムネは、楓が悩みながら描いたというイラストだった。

イラストのことは詳しくないけれど、ハッキリとした色合いがとても目を引く。

インパクト強めの女の子ふたり、そのサムネをタップすると動画がはじまり、女の子が踊っているような楓のイラストと共に、私の歌声が流れた。

二回目の歌収録で歌ったボカロ曲は、音程の上下が激しくて速度もかなり速い。難しくて、歌い切ることができたのが奇跡と言えるくらいだ。

そんな楓と私の努力がひとつの動画となり、流れている。

たった二分ちょっとの動画だけれど、見終わったあと、なぜか涙が出そうになった。

もちろん自分の歌声に感動したわけではなくて、その動画の完璧さに楓の努力が見えたからだ。

今の私は、楓が作る動画に相応《ふさわ》しい歌を、本当に歌えているのかな……。

そんな疑問が湧いた時、これまでなかったものがふと視界に入り込んできた。

視聴者からのコメントだ。

ドキドキしながら、私は三件あるコメントを順に読んでいく。

【めっちゃうまい！】

【歌ってるのって、この前と同じ人？　全然違く聞こえる】

嬉しくて、心臓がドキドキと弾んだ。

けれど最後のコメントを目にした瞬間。

【なんか、絵と歌が合ってない気がする】

——……えっ。

私は息を呑む。そして、頭から突然水をかけられたかのように全身を強張らせた。

【ていうか、この声苦手。このくらいの歌い手なら同じような人いっぱいいるし。マジでこれ系聴き飽きた。イラストもなんか変】

これまで感じたことのない深い絶望感に襲われ、スマホを持つ手が震える。

視界が霞むのは、涙が溢れているからだと気づいた。

「私が……私のせいで……楓の大事な、イラストまで……」

少しずつ少しずつ積み重なった悲しみや苦痛が、心の中に満ちていく。

やっぱり、私には無理だった。

私なんかが、楓の力になんてなれるわけない。

楓と一緒にいると強くなれたような気になるけど、そんなのはすべて、私の勘違いだった。

楓のためにどうするべきか。その答えがようやく見えた。

【ごめん、楓。私、もう歌えない。本当にごめん】

震える指先で送信すると、メッセージの返信ではなく、すぐに電話がかかってきた。

涙を必死に拭い、大きく深呼吸をしてからスマホを握る。

「……はい」

『美羽、やっぱなんかあったんだろ？　今日学校にいる時から、少し変だと思ってたんだ。何があった』

「………」

　何を言えばいいのか分からなくて、黙り込んだ。

　楓はもうあのコメントを見たのだろうか。見たとしたら、どう思ったのか。私の歌のせいで、楓まで酷いことを言われて……。

『もしかして、動画のコメント見たのか？』

　そう言われ、私はハッとした。その息遣いが聞こえたのか、楓は「やっぱり」と呟く。

『美羽は色んな歌い手の動画見てるから分かってると思うけど、どんなに歌がうまくても、どんなにいい曲でも、全員に好かれるなんてことはまずなくて、好きじゃない人も必ずいる。でもそれはあたり前の感情で、自分にだって好きなものと苦手なものがあるだろ？　それと同じだ。だけど厄介《やっかい》なのは、理由なく批判し攻撃するアンチ。悲しいことにさ、そういうアンチは必ずいて、どっかから湧いてくるんだよ』

　楓の言いたいことは分かるし、私も聴いてくれた人全員が自分の歌を好きになってくれるとは思わない。

　それに、アンチがいることも知っている。私の大好きなＡＭＥの動画にも、コメントで酷いことを書く人はいるから。

目にするたびに心が痛くて、ＡＭＥに何かされたわけでもないし、まったく関係ないのにどうしてそこまでして批判する必要があるのかって思っていた。

嫌なら見なければいい。わざわざ頑張っている人の心を傷つける意味が分からないって。

だけど実際、自分がそっちの立場になった途端、悲しいというよりも、怖くなってしまったんだ。

自分が傷つくだけならいい。だけどそうじゃなくて、私のせいで誰かが……大切な友だちが傷ついてしまうかもしれないと思うと、すごく怖いんだ。

『アンチなんて放っておけばいい。コメントのことは気にするな。一時的にコメントは閉鎖したからもう書き込まれることはないし、だからさ、美羽――』

「ごめん！」

うつむきながら、私はそう声を張り上げた。

アンチがどうとか、そういうことじゃないんだ。私は……。

「ごめん、楓……。私はやっぱり、変われない。小さい頃からずっと、今も、結局変われなかったんだ」

『美羽……』

「子供の頃からずっと、私は友だちと比べてやることが遅くて、何をするにもいつも最後だった。給食も、授業も、移動する時も、ひとつひとつ全部。自分では必死に頑張ってるのに、どうやったら早くできるのか分からなくて、早くすることだけ考えていたらすごく雑になったり、やらなきゃいけないことを忘れてしまったり、中途半端になる。楓も分かってると思うけど、話すのも下手で、その……頭にはたくさんの言葉が浮かんでいるのに、出そうとするとうまく整理できなくて、だから会話が弾まない。時間がかかるくせに、結局何が言いたいのか伝わらなくて、それで……」

みんなのように早く行動できるように頑張っても、しっかり考えてから話そうとしても、できなかった。今の高校に入ったら、何かが変わるかもしれないと思ったけど、結局変わらなかった。

「そういう私をずっと見ているから、お母さんは私をすごく心配してるの。私が駄目だから、私が……普通にできないから……。その上、嘘までついてお母さんを悲しませて、テストもボロボロで、これ以上お母さんに心配かけたくないの。だからごめん。もう一緒にやれない……」

『……なんだよそれ。美羽の言ってること、全然分かんねぇよ。それの何がいけないんだよ。行動が遅くて、喋りが下手で、だからなんなんだよ。関係ないだろ！　それに、今は言いたいことちゃんと言えてんじゃん』

それは、相手が楓だからだよ。ちゃんと真剣に最後まで私の話を聞いてくれる、楓だから。

だけど一番の理由は、楓を傷つけたくないんだ。私のせいで彩香や由梨、もしかしたら他のクラスメイトにまで楓が悪く思われてしまうかもしれない。

だから……。

「楓に……楓には、私の気持ちなんて……分からないんだよ」

私とは違う。楓は自分というものを持っていて、まわりのことなんて気にしない、ひとりでも全然平気で、他人の視線も何も気にならない。人に誇れるような素敵な絵も描けて、いつもどんな時も堂々としている。

「楓は強いから。でも私は、もう怖くて歌えないんだ……。他の子に頼んだほうが、楓のためだと思う。ごめんね……」

そう言って、私は電話を切った。

楓には、私のせいで悲しい思いをさせたくないんだ。

楓の素晴らしい絵を、否定されたくない。

駄目な私が隣にいたら、楓まで駄目になってしまう気がするから……――。

第八章　それは、君だけの美しい羽

楓の顔を見たら、きっと泣いてしまう。だから学校に行くのが少し怖かったけど、休みたくてもお母さんを説得できる言い訳が見つからなかった。

できるだけ何も考えずに、ただ以前の私に戻ろう。そう決心して、いつも通り登校した。

ずっとうつむいていれば目は合わないし、他のクラスメイトと同じように深くかかわらない。楓にとって私は、同じ教室にいるだけのただのクラスメイトに戻るだけ。

それでいいんだって、自分に言い聞かせて。

席に座って待っていると、彩香と由梨が登校してきた。いつも通りおはようと声をかけようとしたら、彩香と目が合った瞬間、ふいっと顔を背けられてしまった。

昨日、私がふたりの話に合わせられなくて、何も言わずに教室を出てしまったからなのかな。

けれど不思議なことに、ふたりに避けられていると分かっても、落ち込んだり不安になったりはしなかった。

それは多分、本当は最初からずっと、私がひとりだったからだ。

そのことを自分で認めたから、ひとりでいることの不安がなくなったのかもしれない。

「文化祭で展示する家庭科の作品が終わってない人は、今日残って仕上げるように」

帰りのホームルームで、担任が言った。

うちの学校では、年に二回文化祭が行われる。

二週間後に迫った最初の文化祭では、主に授業で作成した作品の展示会と、各部活の出し物を行う。例えば吹奏楽部の演奏や、演劇部の劇。そして以前話に出た、バンド同好会の演奏など。

十月に行われる二回目の文化祭は、各クラスが食べ物などの色々なお店を出す、いわゆる一般的な文化祭で、他校などからもたくさんの客が訪れる。

今回の文化祭で展示するのは授業で作成した作品なので、特別大変な準備などはない。けれど、先生が言った家庭科の作品を私はまだ終わらせていないので、当然のように居残りだ。

少し前までちょっと強くなれた気でいたけれど、やっぱり私は私のまま変わっていないということを、痛いほど実感した。

多くの生徒が帰っていく中、ロッカーから教科書を出して鞄にしまい、家庭科室へ行こうと歩き出した時。

「美羽」

私を呼ぶ声に足を止め、少しだけ考えてからゆっくりと振り返る。

楓の顔を見た瞬間、周囲の動きがなぜか速く感じた。

まるで、私たちの時間だけが止まっているかのように。

「美羽、大丈夫か」

とても優しい目を向けてくる楓に、私は唇をギュッと結んで頷く。

「やっぱこのままじゃ納得できないから、一度ちゃんと話そう」

私は、楓から視線を逸らして首を横に振った。

「……ごめん。昨日言った通り、お母さんに心配かけたくないから」

「だけど、歌が好きなんだろ？　美羽の気持ちはどうなるんだよ」

「ごめん。あの……私、これから居残りで……ごめん」

これ以上何を言えばいいのか分からなくなった私は、踵《きびす》を返して逃げるように楓から離れた。

第二校舎に入ったけれど、楓が追ってくる様子はなかった。

もう、諦めてくれたのかな……。

それとも、呆《あき》れてしまったのかもしれない。

でも、それでいいんだ。私は楓の隣にはいられない。

こみ上げてくる悲しみを堪えながら家庭科室に入ると、居残りの生徒が数人、すでに作品の仕上げをしている。

私は空いている席に座り、裁縫道具と作りかけのブックカバーを机の上に置いた。

楓が本を読むのも結構好きだと知った時から、展示が終わったら、このブックカバーをプレゼントしようと考えていた。

先週までは、そう思いながら作っていたから頑張れた。遅いのはいつものことだけど、楓に喜んでもらいたくて、ひと針ひと針丁寧に縫っていた時間はすごく楽しかったんだ。

だけど今は、時間がかかってしまう自分を責めるような言葉しか浮かばない。

赤とピンクのブックカバーを見ているだけで、心に穴が開いたような寂しさを感じた。

ＡＭＥの曲が無性に聴きたくなったけれど、聴いたらきっと、泣いてしまう。

涙が止まらなくなるから、大好きなＡＭＥの曲はもう……聴けないかもしれない。

＊

「美羽、忘れ物ない？　大丈夫？」

「うん」

「宿題も忘れないようにちゃんと出すんだよ」

「うん、分かってる。大丈夫」

いつもと同じ朝、いつもと同じ言葉に見送られた私は、重い気持ちを抱えたまま家を出た。

六月になると朝の風にもずいぶんと湿気を感じるようになり、一昨日はついに最高気温が三十度を超えてしまった。

この調子じゃ七月になったらどうなってしまうんだろうと思ったけど、暑くても寒くても、学校と家の往復しかしていない私には、あまり関係ない。

バス停で待つこと二分。いつものバスに乗り、手すりにつかまりながら見慣れた景色にぼーっと視線をあずけた。

あれから一週間、楓が私に話しかけてくることは一度もなかった。

多分、怒っているんだと思う。楓に協力するために歌うと決めたのは私なのに、中途半端に投げ出してしまったことを。悪いのは私だから、どう思われても仕方ない。

でも、こうなることを望んだのは自分なのに、ずっと胸が苦しいんだ。

楓の姿を目にするたびに、大切な何かが自分の中から抜け落ちてしまったかのような喪失感に襲われてしまう。

今朝も一番で教室に入り、準備をしてから席に着いた私は、授業がはじまるまでスマホに視線を落とす。視界に何も映らないようにするためだ。

楓を見てしまったら、本当は歌いたい、楓と一緒にいたいという気持ちが溢れてしまいそうだから……。

しばらくしてチャイムが鳴り、私はようやく顔を上げる。

先生の話を聞きながら、無意識に視線を窓のほうに向けると、楓の姿がないことに気づいた。遅刻をすることがたまにあるから、今日も遅れてくるのかもしれない。

そう思っていたのだけれど、二時限目も三時限目も、お昼休みになっても楓は来なかった。

風邪でも引いたのかな……。

おもむろにスマホを手にしたけれど、今さら連絡なんてできるはずがないと、すぐに鞄の中にしまった。

教室に残っているのは十人くらいで、そこにはもちろん彩香も由梨もいない。他のみんなも食堂か、別の場所で食べているのだろう。

いつもより少ないなと思いながら、私はお弁当を机の上に置いた。

高校生になってから、お母さんが毎日作ってくれているお弁当。今日は昨日の残りの唐揚げと野菜炒め、それからデザートに葡萄《ぶどう》が三粒入っている。

自分の席でお弁当を食べはじめると、いつものように昼の放送開始の音楽が流れた。

『六月十日月曜日、お昼の放送をはじめます』

放送委員の男子の声にどこか聞き覚えがあるなと思いつつ、箸を進めた。

『まずは連絡事項をお知らせします。今日の放課後は委員会活動があるので、各委員会の生徒は忘れずに指定の教室に向かってください。それから明日の朝――』

お昼の放送では、学校の連絡事項を話してからリクエスト曲を流すのが定番になっている。

集まったリクエストの中から曲を決めるのは、その日の放送を担当している放送委員の生徒だ。なので、どうしても流してほしい曲がある時は、直接放送委員にお願いに行く人もいるらしいと噂で聞いたことがある。

『――では続いて、今日のリクエストにまいります』

音楽が好きな私にとって、お昼の放送はちょっとした楽しみだ。でも、ここ最近は考えごとばかりしているから音楽は頭に入らず、気づいた時には放送が終わっていることが多い。

人がまばらな教室でひとり、私はお弁当の唐揚げに箸を伸ばした。

『リクエストに行きたいのですが、その前にひとつ――』

そうだ、放送委員の声に聞き覚えがあるなと思っていたけれど、この声は多分、バンド同好会の西山くんの声だ。

思い出せたことに少しスッキリしながら、西山くんの言葉に耳を傾ける。

『実は、今日の曲をリクエストしてくれた人から、手紙をいただきました。それを読み上げてから曲を流すようにとのことなので、代読します』

手紙？　そんなことは、今までなかったような……。

西山くんは、一度咳払《せきばら》いをしてから話しはじめた。

『自分のことが嫌いな友だちへ――』

その瞬間、私は口の中に入っていたご飯を飲み込み、顔を上げた。

他のクラスメイトは聞いていないのか、放送を気にする様子はない。

箸を下ろし、私だけがスピーカーに視線を向ける。

【あんたの歌声を初めて聴いた時、どうしようもなく胸がドキドキした。雷に打たれたような衝撃を受けて、今までにない新しい何かがはじまる。そんな予感がしたんだ。

だからあたしは、あんたを利用しようと思った。お金のために。

でも、好きだという純粋な気持ちだけで歌うあんたの顔を見ていたら、自分の腹ん中にある黒々とした気持ちや焦りが、少しずつ薄れていったんだ。

金のためとか世間の目とか、評判とか人気とか、そういうことに縛られて自分の好きなものを好きって大声で言えなかったあたしに、あんたは教えてくれた。

好きっていう気持ちが、一番大事なんだってことを。

だからあたしは余計なことを考えず、ただ単純に好きだという気持ちだけを大切にした。

そうしたら、踊るように勝手に手が動いて、驚くほど心が弾んだ。

生きてるんだって、そう思えた。

あんたにとってのそれが、歌なんだろ？

自分を嫌いだって思っちゃう気持ちは分かるよ。

でも、あんたが自分を卑下《ひげ》する必要なんて少しもない。

行動が遅いのは、手を抜いているんじゃなく、ひとつひとつ丁寧にやろうと頑張っているからだ。

会話が弾まないのは喋りが下手なんじゃなくて、どうやったら伝わるのか相手のことを考えて、一生懸命話そうとしているからだ。

全部お前の努力だし、優しさだろ。

それの何がいけないんだよ。

何が駄目なんだよ。

遅いのが嫌だっていうなら、あたしが手伝う。

うまく言葉が出ないなら、思っていること全部伝えられるまで、あたしはいくらでも待つ。

みんなと違うとか、普通じゃないなんて、誰もがひとつは持っていることなんだよ。

あたしにだって、みんなと違うところは山ほどある。

そういうあたしのことを、あんたは『変だ』とか『普通じゃない』って思ったことがあるか？　ないだろ？

だから、あたしも同じなんだ。

あんたが自分を嫌いだと思っていること全部、あたしは大好きだから。

あたしはもう、金のために歌ってほしいなんて思ってない。

他の奴じゃ駄目なんだ。あんたの声を聴きたい。聴かせてほしい。

もう、あたしのためじゃなくてもいい。

だから、あんたの大好きな歌を自分のために、これからもずっと歌ってほしいんだ。

それが、ただのファンになったあたしの、推しに対する切なる願いだ。

最後にもうひとつ。

親が心配するのは、あんたが駄目だからじゃない。愛してるからだよ。

だって、駄目だと思っているとしたら、そもそも心配なんてするはずないだろ？悲しませたくないっていう気持ちは分かるけど、そう思うなら、自分の気持ちを全部伝えろよ。親子だってなんだって、言わなきゃ伝わらないんだから。

ゆっくりでもつまずいてもいいから、自分の気持ちを言うんだ。

きっと、分かり合えるから。

なんか長くなっちゃったけど、あたしが言いたいこと全部、この曲に伝えてもらおうと思う。

あたしたちの推し、ＡＭＥの『羽』を、リクエストします】

大好きな曲のイントロが流れると、溢れ出た熱い涙が、頬を伝って机の上にこぼれ落ちる。

教室がどれだけ騒がしくても、私の耳に届くのはＡＭＥの歌声だけだった。

〝好き。それだけで、輝ける〟

〝優しく美しい羽は、誰でもない、キミだけのものだから……〟

「――熱いリクエスト、ありがとうございました。では次……」

曲が終わると、私は涙を拭い、スマホを手に取った。

楓の想いが込められたAMEの歌詞が、私の背中を支えてくれて、楓の優しさが私に勇気をくれる。

【お母さん、帰ったら話したいことがあります】

＊

学校が終わり真っ直ぐ家に帰った私は、着替えてすぐに一階に下りた。

お母さんはソファーに座っていたので、私は隣に腰を下ろす。

「何かあったの？」

私がこんなふうに、自分から話があると言い出したのは初めてだからか、お母さんは少しだけ不安そうに眉を下げている。

「うまく話せるか分からないけど、でも、あの……最後まで全部、私が言い終わるまで……聞いてほしい」

「うん。分かった」

楓のことを思い出しながら息を吸い込んだ私は、ゆっくりと口を開く。

「私って、その……小さい頃から、何をするにも友だちより遅くて、親友みたいな友だちもいなくて、だから、お母さんが私をすごく心配してくれるのは分かるんだ。でもね、宿題やったかとか、えっと……学校でのこととか色々、毎日同じことを聞かれるのが……正直、しんどい。お母さんに『大丈夫？』って聞かれるたびに、大丈夫じゃないような気がして、不安になるんだ……」

一度言葉を止めると、お母さんは表情を変えずに私をずっと見つめている。

どう思っているのか分からなくて不安だけど、私はもう一度深呼吸をして続けた。

「私はお姉ちゃんと全然違うから、お姉ちゃんみたいに、できないかもしれない。みんなよりも少し時間がかかることもあるけど、その……でも、適当にやってるわけじゃなくて、それが……そうなっちゃうのが、私なの。だけど、自分の苦手なこととか、できないこととか、自分でちゃんと分かってるから、私なりに努力する。あと……進路もちゃんと自分で考えるし、悩んだり困ったりした時は、お母さんに相談する。だから……私を……信じてほしい」

言いながら、ぽろりと涙がこぼれた。

お母さんからの『大丈夫？』の言葉がつらいと感じるのは、信じてもらえていない気がするからだ。

失敗したりできないこともあるかもしれないけれど、でも、まずは何より信じてほしい。大好きなお母さんだからこそ信じてほしいって、ずっとずっと思っていた。『信じてほしい』というたったひと言がずっと言えなくて、苦しかったんだ。

「だから……私は……」

まだ言いたいことがあるのに、涙でうまく言葉にできない。

すると、隣に座っていたお母さんが、私の肩をそっと抱き寄せた。

「そんなの、信じてるに決まってるでしょ。ごめんね、美羽を苦しめちゃってごめん、ごめんね」

お母さんの震える声を聞いたら、止まりかけた涙がまた溢れてくる。

「私のせいで、心配ばっかりかけて……ごめんなさい」

「違うよ、心配するのは美羽のせいじゃなくて、お母さんだからだよ」

お母さんが差し出したティッシュで涙を拭いてから、私はもう一度お母さんを見た。

お母さんは目も鼻も赤くて、多分私も、同じ顔をしていると思う。

「お母さんのお母さんとお父さんが早くに亡くなったのは、知ってるよね」

「うん」

おばあちゃんは、お母さんがまだ二十歳の時に亡くなったと聞いている。お母さんが私とお姉ちゃんを産むどころか、結婚もしていない時だ。

そしておじいちゃんは、お母さんがお姉ちゃんを産んだ少しあとに亡くなった。だから私はふたりとも知らない。

「その時にね、結構大変だったの。お母さんはほら、弟しかいなかったから、お母さんが何から何まで全部やって、悲しむ暇なんてなかった。そのあとも、お母さんが頑張らないとって気を張って、とにかくやれることは全部自分でやったの。そしたら、今までほとんどのことを、お母さんがひとりでやってくれていたんだってことに気づいて。それってすごく大変なことだったんだなって、親が亡くなって、頼る人がいなくなってようやく分かったの。だから……」

一瞬寂しそうに目を伏せたお母さんの手に、私は自ずと自分の手を重ねた。

「もし万が一、お母さんに何かあったら……その時、子供たちがしっかり生きていけるようにしないとって、思っちゃって」

お母さんに何かあったら。それは多分、おばあちゃんとおじいちゃんみたいに、突然死んでしまったらということを言いたいんだと思う。

それに気づいた瞬間、私はどうしようもなく悲しくなって、また涙が出た。

「いなくなるなんて考えたこともなかったから、だから……家族が大切だって思えば思うほど不安になって、過剰に心配しちゃうの。そのことに、お母さんは自分で気づいていたし、美羽に『大丈夫？』ってつい言っちゃうのも本当はやめたかった。美羽が学校に行く時も帰ってきた時も、ちゃんとやれているのかしつこく確認したあとで、いつも反省してたんだ」

「お母さん……」

「あぁ、また言っちゃったなとか、美羽が自分で判断して行動できるように、何も聞かずにいようって思ってるのに、つい口出しちゃって。お母さんはなんでこうなんだろうって、本当はずっと悩んでたの。だから、美羽はなんにも悪くないよ。ごめんね」

お母さんは、私ができないから心配していたわけじゃない。自分のつらい経験から、私に同じような思いをしてほしくなくて、つい心配してしまうだけだった。

お母さんも、たくさん悩んでいたんだ。

「お母さん、ごめんなさい。私、心配ばかりかけて……」

「だから違うって、美羽が悪いんじゃないよ。美羽が一生懸命頑張ってることは、お母さんちゃんと分かってるから。だって、覚えてる？　小学校六年生の時に図工で描いた絵のこと」

そう聞かれた私は、泣きながら首を傾げた。

「他の子はみんな終わっていたけど美羽だけ終わらなくて、先生から電話がかかってきたの。『美羽さんは放課後残るので、帰りが少し遅くなります』って。お母さんすごく心配したんだけどさ、その時先生に言われたの。『ゆっくりだけどすごく丁寧で、今描いている絵は本当にすごいんです。だから、時間がかかってもいいから終わらせようねって美羽さんに言ったんです』って。それで、学校の展覧会の時に飾られたその絵を観て、お母さん泣いちゃったんだよ。本当に上手で、先生が『すごいですよね、他の先生も褒めてましたよ』って言うから、お母さんまた泣いちゃってさ」

思い出しているのか、お母さんはそう言ってまた少し目を潤ませた。

「もしかして、あの、学校の絵のこと？」

「そうだよ」

学校の思い出を描くという六年生最後の図工で、私は学校の下駄箱を描いた。下駄箱には様々な色の靴が並んでいて、雨の日も雪の日も、そこで上履きに履き替えた六年間の思い出として。

「今もちゃんと保管してあるよ」

「そうだったんだ」

一生懸命描いたのは事実だけど、上手だと言えるほどではなかったのに、お母さんが先生とそんな話をしていたなんて今まで知らなかった。

もうあまり覚えていないけど、その時の私は多分、みんなから遅れているという焦りよりも、六年間の思いを込めてちゃんと絵を完成させることに集中していたんだと思う。

今の私なら、きっと早く終わらせることだけに気を取られて、気持ちの入っていない絵を雑に描いていたんじゃないかな。

「だから、決してゆっくりなことが悪いんじゃないよ。それに、お母さんはお姉ちゃんのことも同じように心配してるし、怒ったりもしてるよ。ふたりとも性格が全然違うから、悩みもそれぞれ違うけどね」

お姉ちゃんは何も言われていないと思っていたけど、そうじゃなかったことに驚いた。

「でもね、これだけは分かってほしい。大人になったらどうしても急いでやらなきゃいけないこともあるし、のんびりしていられないこともある。そうなった時に困らないように、今できることを一緒に頑張ろう。あと、お母さんはやっぱり親だから、いつだって子供たちのことは心配なんだよ。それだけは分かってね」

お母さんの思いを受け止めた私は、「うん、分かった」と答えて大きく頷いた。

「なんか喉渇いちゃったね」

お母さんがソファーを立ってキッチンに向かったので、私もついていく。そしてお母さんが冷蔵庫から麦茶を取り出し、私がコップをふたつ置く。麦茶を注いだコップを持って、ダイニングテーブルに向かい合って座った。

「あと、もうひとつ話したいことがあるんだけど」

「何？」

「友だちのことなんだけど。お母さんが見たっていう赤い髪の子は、佐久間楓っていって、私の大事な友だちなの」

「うん」

「私がこうやってお母さんに言いたいことを言えたのは、楓がいたからなんだ。髪の色でビックリしたかもしれないけど、楓はすごくいい子で、本当に優しくて、だから――」

「分かってるよ。どんな子か知らないとつい心配になっちゃうけど、美羽が大切な友だちだって言うなら、そうに決まってるから。今度家に連れてきたら？」

「いいの？」

「あたり前でしょ。友だちなんだから」

楓が聞いたら、喜んでくれるかな。

そう思ったら、無性に楓に会いたくなった。

「あとさ、言ってなかったんだけど、私……歌うことが大好きなんだよね」

「え？　そんなのとっくに知ってるよ」

あまりにもあっさりと返されて、私はぽかんと口を開けた。

「だって美羽、お風呂入ったら必ず歌ってるじゃん」

「えぇ!?　もしかして、聞こえてたの？」

「聞こえてないと思ってたの？」

誰にも聞かれないように小さな声で歌っていたはずなのに、もしかするとお姉ちゃんやお父さんにもとっくに聞かれていたのかもしれない。

「お母さんは美羽のお母さんだよ？　どんなことが好きかなんて分かってるよ。しかも結構上手だってことも知ってるし」

そう言ってお母さんが笑ったので、私もなんだかおかしくなって笑ってしまった。

こんなふうに心からお母さんと笑い合ったのは、久しぶりかもしれない。

心がすっと晴れて、私は私でいいんだって思えた。

それも全部、楓のおかげだ。楓が私に手紙をくれたから勇気を出せた。自分の思いを伝えることができた。

今日のことを全部報告して、それから今度は、楓に自分の想いを伝えよう。

まずは、一番大事なことをすぐに伝えなきゃ。


【また、楓のために歌わせてほしい】


だけど、楓からの返信はなかった。

次の日も、その次の日も……――。

＊＊＊

楓が学校を休み、連絡が取れなくなって五日が経った金曜の放課後。

ホームルームが終わると、私は先生のもとへ駆け寄った。

「あの、佐久間さんがずっと休んでるから、その……プリントとか、届けたいんですけど」

休んだ人のプリント類を誰かがわざわざ届けに行く、などというシステムはない。

重要な連絡事項は先生が親へ直接連絡しているし、授業のプリントも登校した時に本人が持ち帰るだけだ。

でも、私はどうしても楓の家に行きたかった。

もちろんプリントを渡すためじゃなく、楓に会うために。

「あ～そうか、でもな～」

「あ、あの、実は、楓とはメッセージのやり取りをしていて、その……勉強遅れるとヤバイからって、時間があれば届けてほしいって言われたんです。私も、その……心配だし」

もちろん、すべて嘘だ。

あれから何度メッセージを送っても楓からの返信はなく、電話をかけても電源を切っているのか、繋がらない。

だからこそ、もう直接会いに行くしかなかった。

「ん〜そうか、もう一週間だもんな。じゃあ、ポストにでも入れておいてくれるか。封筒に入れるから」

先生の言葉に少しだけ違和感があった。届けたいと言っているのに、なぜ渡すのではなくポストなのか。

分からないけれど、とりあえず家に行く口実はできたので、急ごう。

職員室で先生から封筒を受け取り、教えてもらった楓の家の住所を検索。学校を出てバスに乗り込んだ。

私が降りるバス停を過ぎてから五つ先、楓の家の近くのバス停に着いた。

そこは片側二車線の大きな道路で、目の前にコンビニがある。私はそこで、一度スマホに目線を落とす。

ナビ通りにバス停からひとつ先の信号を左に曲がり、真っ直ぐ進むと一軒家が三軒並んでいて、さらにその先にあるマンションを過ぎて右に曲がると、二階建てのアパートの手前でナビが終了した。

レトロ感のあるアパートを見上げたあと、階段を上って二〇三号室の前に立ち、インターホンを鳴らす。

だけど、いくら待っても応答がない。もう一度鳴らしてみるけれど、やはり反応はなかった。

休んでいるのはどこかに出かけているからなのか、それとも風邪で寝込んでいるから出られないのか……。

ドアから一歩下がった私は、封筒を抱きながら考えた。

先生の言う通り、本当にポストに入れるだけで終わってしまったら意味がない。だとすると、楓本人か家族の誰かが帰ってくるのを待つしかなさそうだ。

階段を下りた私は、迷惑にならないようにできるだけ道の端に寄り、スマホを操作した。

【楓に会いたいです。元気にしているなら元気だと、ひと言でいいから送ってください】

そうメッセージを送信した直後。

「もしかして……美羽ちゃん？」

うしろから声がして、振り返った……。

第九章　自分らしくいたい理由

「ごめんね、楓。今日はどうしても仕事が休めなくて」

「別にいいって。ていうか、あたしも学校休めてラッキーだし」

本格的な夏を前にした気温差が原因だと思うけど、弟が今朝熱を出してしまった。

緊急の時は仕事を休むけど今日はどうしても無理らしく、お母さんに代わってあたしが学校を休んで弟の面倒を見ることになった。

「授業のこととか、何かあればお友だちに聞きなよ。ほら、あんたが最近遊んでるっていう子」

「ん？　あぁ、美羽ね」

「今まで友だちの話なんて全然しなかったのに。大事な友だちなんでしょ？」

「うん、そりゃあ、まぁ……」

大事だと言われるとその通りだけど、自分で親に言うのは少し照れくさい。

だけどお母さんの言う通り、あたしが今まで友だちの話を家族に聞かせることはあまりなかったからか、美羽の話をするとお母さんは少し嬉しそうな顔をする。

「じゃあ、よろしくね。なんかあったら電話して」

「はいよ。頑張ってね」

仕事へ行く母親を見送ったあと、あたしはキッチンに立った。

「さてと……」

腕まくりをして、小さな鍋に昨日の残りのご飯を少しと水を入れて蓋《ふた》をし、弱火にかけた。その間に小ネギを刻み、卵を一個溶く。

今日に限って学校を休まなければいけなくなったのは、正直言ってマジで本当に助かる。熱でつらい弟には悪いけど、このタイミングで体調を崩してくれてありがとうと言いたくなった。

だって今日は、あたしがリクエストした曲が、昼の放送で流れる日だから。

事前に用意しておいた手紙を、『どうしても読んでほしい』とお願いをして西山に渡した。その時の西山の顔は完全に妖怪を目撃した時の表情だったけど、あたしが頭を下げたからだろうか。

よく考えたらずいぶん失礼だけど、でも今回のことは放送委員に西山がいたからこそできたことなので、次会った時はジュースを奢ってやろうと本気で思っている。

なんにせよ、あの放送を自分が聴くなんて絶対にあり得ないわけで、想像しただけで顔が熱くなって爆発しそうだ。

そんな気恥ずかしさを感じつつも、あたしが西山に〝あれ〟をリクエストしたのは他でもない、美羽にまた歌ってもらいたいからだ。

もちろん、金がどうこうとかじゃなく、いちファンとして。そして、友だちとして。

できあがったおかゆを弟が寝ている部屋まで運ぶと、半分は食べてくれた。熱はあるものの、思いのほか食欲はあるようなので、このぶんならすぐによくなるだろう。

再び弟が眠るのを見届けたあと、タブレットでイラストを描こうと思ったけど、美羽のことが気になってあまり気分がのらない。

一度アプリを閉じて動画サイトを開き、ＡＭＥの曲を再生した。

あたしの予想通り、ＡＭＥは登録者数をぐんぐんと伸ばし、すでに二千を越えている。多分これからもっと増えるだろうな。

あたしと美羽を繋いでくれたＡＭＥのよさを、多くの人に知ってもらいたい気持ちはあるけど、あまりにも人気が出てしまうのも、実はちょっと寂しい。

我儘《わがまま》なファンだなと自分で思いながら、結局イラストを描くモチベーションにはならず、動画を見て時間を潰した。


午後四時を過ぎ、そろそろお母さんが帰宅する時間だ。弟はすっかり元気になって、アニメを見ながら爆笑している。

美羽は、あたしの手紙を聴いてくれただろうか。名前はもちろん伏せているけど、聴けばあたしからだって気づいてくれるはずだけれど……。

正直、今すぐにでもメッセージを送りたいけど、もし今、美羽が必死に考えているなら余計な口は挟みたくない。だから、ジタバタせずに待つしかないんだ。

「あっ、やべぇ……また薬飲むの忘れてた」

ふと思い出したあたしは、水を持ってこようとローテーブルに両手をついて立ち上がろうとした。

その時――。

「……っ！」

突き刺すような激しい痛みが、左胸を襲った……――。

＊＊＊

瞼を開き、見覚えのある白い天井が目に映っただけで、自分の身に何が起こったのか理解できた。

右側には風にのって揺れている白いカーテンとテレビ台が、左側にはモニターが置かれていた。

胸の痛みと共に意識がなくなったから、あのあと多分あたしは倒れて、それに気づいた弟がお母さんに連絡してくれたんだろうな。

高校生になってからずっと調子がよくて、週に一回、朝の通院だけで済んでいたから、すっかり治った気になっていたけれど……。

——また、お母さんに迷惑をかけちゃったのか……。

弟も、熱が下がったばかりだというのに、きっとすごく不安にさせてしまったに違いない。大丈夫だろうか。

白い布団をギュッと握りしめると、コンコンとドアをノックする音が鳴った。

「あら、起きてたの？」

「はい。たった今」

中に入ってきたのは、見知った看護師さんだ。この大学病院には東京に引っ越してきた時から二年以上お世話になっているので、外科の看護師さんのことはだいたい知っている。

「今は薬が効いていると思うけど、具合はどう？　痛みはある？」

血圧や体温を測り、パソコンを操作しながら看護師さんが聞いてきた。

「いえ、大丈夫です。あの、母は？」

「お母さんは荷物を取りに行くって言っていたから、多分もうすぐ戻ってくるんじゃないかな」

ちなみにお母さんも看護師をしていて、家から近い総合病院に勤務している。

「今後の予定は先生がお母さんに話しているから、楓ちゃんも聞いておいてね」

「はい、分かりました」

ひと通り終えると、看護師さんは部屋を出た。ひとりになり、静かな部屋を見回したあたしは、ため息をつく。

「個室じゃなくてもいいのに……」

あたしがリラックスできるように、お母さんがそうしたんだろう。高校生まで医療費は無料だとはいえ、全部が無料なわけではない。入院も個室はお金がかかるし、その他にも保険が利かない医療費もあるらしいのに。

お母さんはお金のことを一切言わないけど、今やスマホがあればなんでも調べられる時代だ。あたしひとりに対してどれだけお金がかかっているのかということくらい、把握している。

祖父はすでに他界していて、祖母は遠方にいるため頼ることはできない。だからお母さんは看護師として一生懸命働きながら、家事も育児もひとりでこなしてきた。

ようやくそのことに気づいたのは、あたしが小学校中学年くらいになった頃だ。

それからは、少しでもお母さんの助けになるように自分のことや弟の世話をしてきた。

なのに……あたしがそんなお母さんの負担になってしまったのは、中学三年の時。

夏休みが終わり、まだ暑い日々が続いていたある日、あたしは突然学校で倒れてしまった。

結果、心臓の病気が判明した時は、何かの冗談かと思った。だって、それまで体はなんともなかったし、大きな病気もしたことがなかったから。

でも、冗談でもなんでもないと分かったのは、お母さんの泣き顔を見た時だった。

悲しかった。だけどそれは自分が病気だからじゃなくて、少しでもお母さんを支えたいと思っていた自分が、お母さんを困らせてしまうことが悲しかったんだ。

親孝行どころか、こんなの親不孝でしかない。

こんなことなら、病気でさっさとこの世を去ってしまったほうが家族の負担にもならないし、いいんじゃないかと考えたこともある。

だけど同時に、そうなればお母さんや弟を今以上に悲しませてしまうということも分かっていた。

だから今は、とにかく早くこの病気を治したいのだけれど……。

もう一度ため息をつくと、テレビの前にスマホが置いてあることに気づき、ゆっくりと体を起こして片手を伸ばした。

画面には、美羽からのメッセージを知らせる通知がきている。

少し緊張しながらメッセージを開くと、そこには美羽の気持ちや母親と話をしたことなどが長文で書かれていた。

そして最後の一文を目にした瞬間、あたしは思わずグッと唇を噛んだ。

【また、楓のために歌わせてほしい】

「なんだよ……泣かせんじゃねーよ」

今のこの状況で、もう一度その言葉を読んだら、多分泣いてしまう。だからあたしは眉間に力を入れ、スマホを布団の上に伏せた。

別に金にならなくたっていいし、どんな形でもいいから、美羽にはこれからも好きな歌を好きなように歌ってほしい。

だから、歌いたいって美羽が思ってくれたのなら嬉しいけど、あたしはもう――。

どう返信するべきか悩んだけど、結局うまい言葉が見つからないまま時間だけが過ぎていった。

そして、検査前日の質素な食事を終えた頃、お母さんが病室にやってきた。大きなバッグを持っているというだけで、今回はすぐに退院できないのだと気づく。

「調子はどう？　無理して起き上がらないで、横になってなさい」

「全然大丈夫だよ。ていうか、迷惑かけてごめん」

「何言ってんの、迷惑なわけないでしょ！」

少し語気を強めて怒ったように言いながら、お母さんはベッドの横に置いてある椅子に座った。

話を聞くと、やっぱり倒れたあたしに気づいた弟が、お母さんに電話をしたようだ。

その弟は、お母さんが帰るまで大家さんのところにいるらしい。

五年生なのでひとりで留守番できないわけではないけど、時間が夜ということもあって、お母さんが心配だからと大家さんに頼んだのだと言った。

「それでさ、大家さんから桃もらったんだけど、食べる？」

「あ〜うん。食べたいけど、その前に話そうよ」

あたしが自らそう言うと、お母さんは少し浮かせた腰を再び椅子に下ろした。

「で、あたし、どうなるって？」

重くならないようにと思って、いつも通りの調子で聞いたんだけどな。

分かりやすく視線を下げたお母さんは、少し間を置いてから書類をあたしに見せた。

「手術、することになった」

書類に書かれていることは正直よく分からないけど、お母さんの表情だけでなんとなく察することはできる。

手術ということは、薬ではどうにもならず、このままだと危険だということだ。でも、手術をすれば治るというなら、こんなにも湿っぽい空気にはならないはずだ。恐らくは、他にも何かあるんだろうな。

「それで、手術してどうなるの？　治るってわけじゃないんだよね？」

お母さんのためにも、あくまであたしは冷静に、というかむしろ明るく聞き返した。

心臓の病気が見つかった時、あたしはお母さんに『嘘だけはつかないで』とお願いをした。だからなのか、どう伝えたらあたしを怖がらせないか、傷つけないか、お母さんなりに必死に考えているのが伝わってくる。

「そんな難しい顔しないでよ。本当のことをハッキリ言えばいいんだから」

「うん、分かった。明日先生からも説明あると思うけど、お母さんからも言っておくね」

「オッケー、いいよ」

本当は不安で体がすくんでいるけれど、それを気づかれないように軽く返事をして、視線をお母さんから自分の手元に移した。

「手術はね……——」

結論から言うと、今まで投薬治療しながら手術をするべきか、薬でよくなるか経過を見てきたけれど、発作が起こったことで早急に手術が必要になったということ。

そしてその手術は決して簡単なものではなく、成功する確率は百パーセントではない。

さすがに細かな確率まであたしに話すことはなかったけど、お母さんの顔を見ればなんとなく分かった。

百パーセントではないけど、九十パーセントというわけでもない。多分、五分五分といったところなんじゃないかって。

「どんな病気でも手術でも、百パーセントっていうことはないの。だけどね、手術が成功したら完治するだろうって」

お母さんなりに必死に励まそうとしてくれているからか、目に涙が浮かんでいることに気づいていないようだ。

お母さんが泣きそうになるくらいなら、手術なんてしなくていいんじゃないかな。

あたしだって、本当は怖いし……。

なんてことを言ったらお母さんを困らせてしまうから、あたしは出かかった言葉をグッと呑み込み、

「そっか、分かった。まぁ大丈夫っしょ」

そう言って、笑顔を見せた。

話を終えると、お母さんは大家さんからもらった桃を切ったあと、「明日は仕事が終わってから来るから」と言い残して家に帰った。

明日は昼過ぎまで何も食べられないから、この桃は最後の晩餐《ばんさん》……なんて、まだ手術をするわけじゃないんだから、大袈裟か。でも、これからは一回一回の食事を味わって食べなきゃな。

お皿にのった桃をフォークで刺して持ち上げると、手が震えているのが分かった。

だから素早く、放り投げるように口へ運ぶ。

お母さんには毎日来なくても大丈夫だと言ったけど、多分来るだろうなと予想できる。負担をかけたくないのに、いろんな面であたしは今のところ家族の負担でしかない。

本当は、美羽にあれこれ言えるような人間じゃないのに……。

ていうか、美羽になんて返そう。スマホを手に取ったけれど、【楓のために】と言われてしまったら、軽率に返事なんてできない。

「あたしのためか……」

そのあたしがいなくなったら、美羽はどうなってしまうんだろう。

せっかく勇気を出して、親とも話をして前を向きはじめたのに、あたしがこんなだって知ったら、美羽はまた泣くだろうな。

病気のあたしが邪魔になるなら、美羽の進む道に、あたしはいないほうがいいのかもしれない。

それに、こんな情けない姿を美羽に見せたくないっていうのが本音だ。美羽の前では強いままのあたしでいたいから、入院していることは、やっぱり言いたくない……。

＊

入院してからの五日間、美羽は何度もメッセージをくれたけど、あたしは一度も返していない。電話がかかってくることもあったから、日中は電源も落とした。

逃げているみたいだけど、このままあたしのことを忘れてくれないかなって、すごく自分勝手なことを考えていた。

あたしのほうから美羽に声をかけて歌ってほしいと頼んだのだから、無責任だと分かっているけど、あの時はこんなことになるなんて思っていなかった。

病気が分かってから東京で治療を受けるという話になり、あたしが中学を卒業したタイミングで大学病院に通える今の家に引っ越した。

それから二年以上経ったけど、今回のような発作は一度も起こらなかったし、ずっと元気だったから。

もちろん美羽と出会った頃も体調に変化はなくて、だから……もしかすると治ったのかもしれないとさえ思っていたんだ。

でも実際はそんな魔法のようなことは起こらず、あたしは成功するか分からない手術を受けなければならない。

不安で胸が潰れそうになるけれど、もうすぐお母さんが来るだろうから、沈んだ顔は見せられない。

こういう時こそ、ＡＭＥだ。

スマホを持って動画サイトを開こうとした時、美羽からメッセージが届いた。

【楓に会いたいです。元気にしているなら元気だと、ひと言でいいから送ってください】

「美羽……」

呟いたあたしは【元気だよ】と打ったものの、送信せずにそれを消した。

元気だと伝えて、そのあとは？　明日学校に行けるわけでもないし、長期間休むことになれば、入院していることを隠し通せるとは思えない。

考えれば考えるほど、あたしはメッセージを送ることがどうしてもできなかった。

逆の立場だったら『なんで教えてくれなかったんだよ！』って、絶対にブチ切れてただろうに。ほんと、自分勝手だよな……。

スマホを置いて、代わりにタブレットをベッドに設置してある机の上に置いた。

なんかもう、どうしたらいいか分からないけど、この描きかけのイラストだけは手術前に終わらせないと。

線画は終了しているから、着色作業だ。ここからレイヤーを何枚も重ねて、あたしだけの色を出す。

線を引くのはわりと慎重に考えながらだけど、色は毎回その時の感覚で塗ることが多い。この絵のイメージだと青系と……黄色もいいかもな。

脳内から余計なことを排除するように、目の前のイラストだけに集中していたけれど、ドアをノックする音が聞こえてハッと顔を上げる。

どれだけ経ったのか分からなかったけど、病室の時計を見るともう少しで十七時になるところだ。ということは、お母さんか。

「はい」

返事をすると、ドアを開けたのはやっぱり……

「えっ⁉」

お母さんのうしろから現れたその姿に、つい大声を出してしまった。

「お友だちが来てくれたのに、そんなに驚かなくてもいいじゃない」

いや、驚くだろ！

だって、大きく見開いたあたしの目には、いるはずのない美羽が映っているんだから。

「てか、まじで、なんで？」

あたしも正直めちゃくちゃ戸惑っているけど、美羽もどうやら混乱しているようだ。

まぁ冷静に考えたらそうか。久しぶりに会ったと思ったら、あたしはこうして入院しているんだから。

「なんでって、美羽ちゃんが家の前にいたのよ。お母さん、てっきり美羽ちゃんには話してると思って、楓ならまだ入院してるのよって教えたら、美羽ちゃんの顔が一気に蒼くなったからビックリしちゃって」

お母さんは悪気なくそう言って、紙袋から見覚えのある箱を取り出した。

美羽の話はお母さんに何度もしているから、顔は知らなくても雰囲気でなんとなく分かったのだろう。というか、そもそも家まで来てくれるような友だちといって浮かぶのは、美羽くらいだからな。

正直ビックリしたのはあたしのほうだけど、でも、お母さんがあっさり告げてくれて逆によかった。

「今日は楓の好きなシュークリーム買ってきたから、ちょうどよかった。ふたりで食べなさいね」

あたしの着替えを置いてすぐに部屋を出ていったのは、お母さんなりに何か察したのだろうか。最近美羽の話をしていなかったし、気を使ったのかもしれない。

「とりあえず、こっち座りなよ」

ドアの前に立っている美羽に声をかけると、美羽はうつむいたままベッドの横に置いてある椅子に腰を下ろした。

「えっと……シュークリーム、食べるか？」

紙に包まれたシュークリームを箱から出して差し出すと、美羽は小さく頷いてから受け取った。そして、無言のままシュークリームを口に運ぶ。

何も喋らないのは戸惑いと、それから多分……怒りも混ざっているんだろうな。

美羽が怒るところなんて当然見たことはないけど、なんとなく空気で分かる。

美羽は無言でシュークリームを食べ続け、残った包みを綺麗にたたんだあと、ようやく唇を小さく開いた。

「楓は……」

なんとなく反射的に、あたしは背筋を伸ばす。

「楓は……シュークリームが、好きだったんだね」

「……えっ?」

この状態で第一声がそれだとは思わず、あたしは目を丸くした。

「あ、あぁ。甘いものが好きで、中でもシュークリームは小さい頃から大好きなんだ」

「そっか……」

変わらずうつむいたまま、美羽は少し寂しそうに呟いた。

「あのさ、美羽――」

「私は……」

自分のことを説明しようとした時、美羽が顔を上げた。

「私は、楓がシュークリーム好きだってことも、甘いものが好きだってことも、何も知らなかった。楓のことを知った気になっていたけど……本当は全然、なんにも知らなかった！」

「美羽……」

「私は楓のことが羨ましくて、自分だけが悩んでるって思ってた。そんなんだから、楓が苦しんでいることにも気づけなくて……」

「それは違うだろ。言わなかったのはあたしだし、気づかれないようにしてたっていうか、あたし自身、自分が病気だって思わないようにしてたんだ。だから、そんな顔すんなよ」

あたしのことなのに、美羽が泣きそうになっている。

何も言わなかったことを怒っているのだと思ったけど、美羽の表情にはあたしに対する怒りなんて少しもなくて、悲しみだけが浮かんでいる。

必死に涙を堪えている美羽の手に、あたしはそっと自分の手を重ねた。

「ごめんな、美羽。美羽は勇気を出して歌うことを受け入れてくれたのに、あたしは美羽に何も話してなかった。ありきたりな言い訳だけどさ、心配かけたくなかったんだ。それに、弱い自分を見せたくなくて」

潤んだ美羽の瞳を見つめていたら、連絡をしなかったここ数日間、美羽がどれだけあたしのことを心配してくれていたのかが伝わってきた。

もし逆の立場なら。そう考えただけで、胸が潰れそうになる。

心配かけないためとか強い自分でいたいとか、そんなのはただのエゴだ。

大切な人にこそ、この苦しみを打ち明けるべきだった。本当の自分を見せるべきだった。それなのに、言わないほうが美羽のためだと勝手に決めつけていた。

美羽が真実を知った時、そのタイミングが、もし手術が失敗したあとだったら。あたしは、美羽の心に大きな傷をつけてしまうところだった。

「全部、話すよ」

そう言うと、美羽はグッと唇を噛みしめてあたしを見つめる。

「あたしんちは母子家庭でさ、お母さんが一生懸命働いてあたしと弟を育ててくれてるんだ。だからあたしもできるだけ自分のことは自分でやるようにして、少しでもお母さんを楽にしてやりたいって思ってた。だけど、中学三年の時に病気が見つかって」

あたしは、自分の心臓に手を当てた。

「あたしのせいで、お母さんに余計な心労を与えていることが自分で許せなくて。だから、せめてお金だけでもなんとか自分で稼ぎたいって思ったんだ。動画で収益を得られる十八歳までに、なんとか登録者数を増やしたかった。だけど、あたしの絵じゃさっぱり駄目で。そんな時、美羽の歌声を聴いて、歌い手として一緒に動画配信することを閃いたんだ」

つまり、金を稼ぐために利用したのだと、あたしはハッキリと伝えた。どう思われようと、そこは真実だから。

美羽は変わらずあたしを見つめたまま、真剣に話を聞いている。

「でも、美羽と一緒にいて、美羽の歌声を聴いているうちに、なんつーか、ただ単純に美羽の歌を聴いていたいって思うようになったんだ。そのへんはほら、お昼の放送で西山に読んでもらった手紙の通りなんだけど……」

「うん。楓の気持ちはちゃんと伝わったよ。だからこそ、あたしはこれからも歌いたいって思えたし、勇気を出してお母さんとも向き合えたの。だから……楓と連絡が取れなくなって、すごく心配で……」

「返さなかったのは、ごめん。ただのあたしの強がりだ。美羽に弱さを見せるのが、嫌だったんだと思う」

美羽が顔を上げた。

「美羽はあたしのことを強いって言ってくれていたけど、でも実際は全然違うんだ。ただ美羽の前でかっこつけていたかっただけで、本当のあたしはすごく弱い。正直、自分の弱さと向き合って乗り越えようとしている美羽のほうが、ずっと強いって思う」

学校であまりみんなから話しかけられることがなくても、ひとりでいることが多くても、誰にどう思われようと、それは全然気にしていない。

だけど、美羽があたしの中で大切な存在になればなるほど、自分の弱さを見せたくなくて、美羽の前では強い自分でいたいって、そう思っていたんだ。

情けないって自分ではそう思うのに、美羽は……。

「弱くたっていいじゃん！　それの何がいけないの⁉」

決して大きな声ではないけれど、美羽は今までにないくらいハッキリとそう言った。

「行動が遅くて喋ることも下手な私に、それの何がいけないんだ、何が駄目なんだって、そう言ってくれたのは楓でしょ？」

今度は声を震わせながら、切なそうに言葉をこぼした美羽を見て、あたしはもう一度口を開く。

「あたしさ、手術をしなきゃいけなくなって。それが……怖いんだ」

心配をかけないように、家族の前でもあたしはずっと平気な振りをしていた。

だけど本当は……。

「成功するか分からない手術だって聞いてから、ずっと怖くて、本当は今すぐにでも逃げ出したいくらい。一日一日過ぎるたびに、死の影が自分に迫ってきているみたいで、怖くて怖くて……だから」

言いかけた時、美羽が立ち上がり——、

「怖くてあたり前だよ」

そう言って、あたしの体を抱きしめた。

細い美羽の体は震えていて、顔を見なくても泣いているのが分かった。

「そんなの、誰だって怖いに決まってるよ」

「美羽……」

「ひとりで全部背負ってきた楓を、これからは私が支えるから、だから……」

しゃくり上げる美羽の背中を、あたしはトントンと優しく叩いた。

「美羽の気持ちはじゅうぶん伝わってるから、もう泣くな」

体を離すと、美羽の顔は涙や鼻水でぐしゃぐしゃになっていた。

「正直さ、成功するか分かんない手術を受けるより、残された時間を思いっ切り楽しんでから死んだほうがいいんじゃないかって思うんだ。麻酔で眠ったまま、二度と目を覚まさないなんてことになったら嫌だし」

「そんなの絶対に駄目だよ！」

あたしが本音をこぼしたら、美羽は珍しく声を荒らげ、眉間にしわを寄せて怖い顔をした。

「手術は絶対に成功する！　私にはなんの力もないけど、でも、楓は絶対に……私は……信じてるから」

どう声をかけていいのか分からない。そんな美羽の複雑な気持ちが、歪んだ表情に表れている。

「ありがとな。美羽の気持ちは分かってるよ。ごめん、ちょっと弱音吐きたくなっちゃってさ」

美羽は涙目のままブンブンと首を横に振った。

「謝ったりしないで。私の前では強がらないで、怖いなら怖いって言っていいんだよ。弱くたっていい。だから、お願い……」

美羽の願いは、口に出さなくても不思議と分かる。

あたしの手を強く握っている美羽の両手から、『頑張れ』という強い想いが伝わってきた。

「大丈夫だよ」

これ以上美羽を不安にさせたくないあたしは、笑みを浮かべて言った。

「楓……本当に……」

「そんな迷子の子犬みたいな目で見るなよ」

「だって、私、心配で」

「あたし、まだ死にたくないし。ていうか美羽の歌を世界中の人に知ってもらうまで、死ねるわけないだろ」

「楓……」

「ほらまた泣く～。笑えよ、ほらほら」

美羽の体をツンツンと突くと、美羽はくすぐったそうに体をくねらせ、ようやく笑顔を見せてくれた。

自分自身と向き合いながら頑張っている美羽の笑顔を、あたしが奪ってどうすんだよ。

死ぬかもしれないって考えたら正直怖いけど、生きていればいずれみんな通る道なんだ。

美羽の前で弱い自分をさらけ出したんだから、あとはもう、運命に身を委ねるしかない……――。

第十章　この歌を君に捧ぐ

『もしかして……美羽ちゃん？』

楓の家の前で声をかけられた時、その人が楓のお母さんだということはすぐに分かった。

ハッキリとした目鼻立ちがとても綺麗で、楓にそっくりだったから。

勝手に楓に会いに行くことに躊躇いはあったけれど、楓のお母さんに半ば強引に連れられて来た場所が病院だったことに、私は愕然《がくぜん》とした。

学校を休み、返信がなかった理由を楓の口から聞いた瞬間、あまりにも自分が情けなくて、自己嫌悪に陥った。

どうして自分だけがみんなと違うのか、どうして普通にできないのか、私はいつも自分のことばかりだった。楓が羨ましくて、『楓は強い』なんて最低な言葉を言って、大好きな楓を苦しめていたんだ。

楓が自由で自分らしく生きているように見えたのは、きっと病気を抱えているからこそで、今という時間を大切にしていたからだと思う。自分の気持ちに正直に、やりたいことをやっていたから。

だけどそれは、どうせ死ぬなら好きなことを好きにやりたいと、そうとらえることもできる。

医者でもない私にできることなんて何もないのかもしれないけど、せめて、楓の恐怖心を一緒に背負ってあげられれば……。

そうやって、私はあれからずっと楓のことばかり考えていた。

彩香と由梨に避けられていることがまったく気にならないくらい、学校では机に向かって考えごとをしている時間が増えた。

ノートをとるのが遅いとか、提出物が間に合わないとか、話しかけられてもうまく答えられないとか。今までだったら確実に落ち込んで悩んでどうしようもなかったようなことも、不思議とそこまで気にならなかった。

どれもこれも、楓の苦しみに比べたら小さなことだから。私が学校でひとりだとしても、死の恐怖とひとりで戦っている楓に比べたらどうということはない。

楓を大切に想う気持ちが、あんなに弱くて脆《もろ》かった私の心さえも、強くしてくれていた。

あの日から三日間、学校が終わると真っ直ぐ楓の病院に行っている。四日目の今日も、もちろん行くつもりだ。

だけど、私は楓の力になれているのだろうか。手術をするのは楓で、私じゃない。どんな言葉をかけても、結局楓にとっては他人事に聞こえているんじゃないか。

何をどう言えばいいのか分からなくて、お見舞いに行っても世間話をして終わってしまう。

楓は笑ってくれるけど、それも全部私を不安にさせないためなんじゃないかって思うし、そうなると、私が会いに行くことで楓に余計な気を使わせているような気がしてならない。

だからって、頑張ってとか大丈夫だよ、なんて言葉を軽々しく言うのも違う気がする。

『謝ったりしないで。私の前では強がらないで、怖いなら怖いって言っていいんだよ。弱くたっていい。だから、お願い……』

あの時も、私はあとに続く『頑張って』の言葉が、言えなかった。だって、楓はじゅうぶん頑張っているのに、これ以上言えるはずないから。

考えすぎなのかもしれないけど、楓が大切だと思えば思うほど、かける言葉が見つからなくなる。

だけど、成功するか分からない手術を受けるより、残された時間を思い切り楽しんでから死んだほうがいいなんて、そんな悲しいことだけは二度と言ってほしくない。

そのためにも、こんな私が楓にしてあげられることは、なんなのだろう……。

ほとんどのクラスメイトが教室を出たあと、楓のことを考えながらロッカーに荷物をしまって帰りの準備をしていた。

「あ、早坂！」

すると、突然声をかけられた。私を呼ぶ人なんて、先生や楓以外にあまり思い浮かばない。

そう思って視線を動かすと、隣のクラスのドアから西山くんがひょいと顔を出し、軽く手を上げながら近づいてきた。

一応確認のためうしろを振り向くけれど、手を振っている相手は私で間違いなさそうだ。

「あのさ、佐久間って最近見ないけど、学校休んでんの?」

「あ、あぁ……えっと……」

西山くんに聞かれ、私は口ごもる。

入院していることは言わないでほしいと先生に伝えているらしく、楓の現状は誰も知らないので、勝手に話すわけにはいかない。

「あの、その……なんか、風邪……みたい」

うまく言えないのはいつも通りだけれど、なんとか必死に言葉を絞り出した。

「そっか。あいつでも風邪とか引くんだ」

信じてくれたのか分からないけれど、西山くんにこれ以上追及してくる様子は見られないので、安心した。

「ほら、明日文化祭じゃん? 楽器運ぶの手伝ってもらおうと思ってたんだけどな～」

そういえば前に、今度の文化祭でバンド同好会も演奏したいらしいって楓が言っていた。でも確か……。

「あ、えっと、演奏？」

「一応ライブはするつもりで実行委員には話してあるけど。まぁボーカルは結局見つからなかったから演奏だけになっちゃうか、もしくは今回俺らは出られないかのどっちかかな。本当は自分たちで歌いながら……って言いたいところだけど、正直、俺ら歌があんまり得意じゃないから楽器やってんだよね」

少し恥ずかしそうに、頭をかきながら西山くんが言った。

ボーカルがいなくても活動を続けているのは本当に音楽が好きで、バンドが好きだからだと思う。出たいと思っているのに出られなくなったら、つらいだろうな。

「そっか。あの、応援してるから……」

私にはそんなありきたりな言葉で励ますことしかできないけど、頑張ってほしい。

「おう、サンキュー。今日も練習だから行くわ。じゃーな。佐久間にもさっさと治せって言っといて」

「あ、うん」

控え目に手を振り、足早に去っていく西山くんを見届けたあと、私も学校を出た。

バスを待っている間にイヤホンをつけ、曲を流した。

二度と聴けないかもしれないと思っていたＡＭＥの曲が、また聴けるようになったのは、楓の手紙があったからだ。

楓は今、ＡＭＥの曲を聴けているだろうか。心から楽しんで、イラストを描けているだろうか。

何も手につかず、病室でひとり恐怖と戦っている楓を想像しただけで、どうしようもなく胸が苦しくなる。

ため息をついてバスに乗り込み、ひとり掛けの席に座った。

楓とふたりでバスに乗った時は、代わり映えのないビルや街路樹、すべての景色があんなにも輝いていたのに、今は色を失くしたモノクロの世界に見える。

楓の恐怖心を少しでも和らげてあげたい。頑張っている楓の勇気になりたい。

だけど、どうしたら……。

目を閉じた私は、ＡＭＥの曲が頭の中を静かに流れるのと同時に、これまで過ごしてきた楓との時間を思い返した。

そして、息を吹き返したかのようにハッと瞼を開き、急いで近くにある停車ボタンを押す。

学校からふたつ目のバス停で慌てて降りた私は、その足で、今バスが走ってきた道を引き返す。

──こんな私にやれることが、ひとつだけある。

そのことに気づいた私は歩く速度を上げ、次第に小走りになり、そしていつの間にか駆け足で学校へ向かっていた。

じめじめとした空気が肌にまとわりつき、全身にじんわりと汗がにじむけれど、そんなことは気にならないほど必死にアスファルトを蹴り上げた。

とにかく一秒でも早く戻りたい。

信号で立ち止まるたびに焦燥感に駆られながらも、なんとか学校の前まで戻った私は、校門を通って中に入った。

教室がある第一校舎ではなく、第三校舎に入り、そのまま急いで二階に上がった。

廊下を進み、空き教室の前で立ち止まると、中から演奏する音が漏れ聞こえてきた。

一度呼吸を整えてから、多分聞こえないとは思うけれど、一応ノックしてゆっくりとドアを開ける。

ギターを西山くんが、ベースを中嶋くんが弾き、ドラムを本橋くんが叩いている。

案の定、私が入ってきたことには誰も気づいていない。

そっとドアを閉め、演奏が終わるのをそのまま教室の隅で静かに待った。

演奏している曲はなんとなく聴いたことがあるけど、確か昔の海外アーティストの曲だったような……。

なんの曲かは分からないけれど、三人ともすごく上手だ。時々目を合わせたりして、いきいきと楽しんで演奏しているのが分かる。

しばらくして演奏が終わると、私は制服のスカートをキュッと握った。その瞬間、本橋くんが私の存在に気づき、「あっ」と声を上げる。

その声につられるように他のふたりも視線を向けてきたので、私は小さくお辞儀をしてから三人に近づいた。

「あれ？　まだいたんだ」

西山くんの声に頷いた私は、はやる気持ちを落ち着かせるように胸に手を当てる。うまく言える自信はないけど、言うしかない。私が楓のためにできる、たったひとつのことを。

「あの……えっと、話があって……」

「何？」

西山くんがギターを置いて、私の前に立った。他のふたりは一度ペットボトルの飲み物を飲んでから、「どうしたの」と言いながら西山くんのうしろに立つ。

「実は……その、文化祭のことで……あの……」

落ち着けと自分に言い聞かせて一度息を吸った私は、顔を上げて西山くんと目を合わせた。

「ぶ、文化祭で演奏するのに、その……私に、ボ、ボーカルを……やらせてください！」

思い切ってそう告げた私は、三人に向かって頭を下げた。

楓以外の人の前で歌うなんて考えられなくて、それは今でも変わってない。

だけど、こんな私にできることは、やっぱり歌だけなんだ。何度考えても、それしかない。

「ボーカルを、早坂が？」

西山くんが目を丸くしながら聞いてきたので、私はもう一度頷いた。

「明日なのに、急にこんなことを言っても迷惑だって分かってるけど、でも……あの、私はどうしても、楓に……歌を聴かせたくて」

「佐久間に？　それって、なんでか理由を聞いてもいいのかな」

「そ、それは……詳しいことは、言えません。ごめんなさい。だけど、楓のために……歌いたいんです」

病気であることや手術のことなどを勝手に喋ることはできないから、三人が納得してくれるような理由は言えないけれど、それでもこうして頭を下げるしかない。

「あのさ、頭上げて。佐久間のためってことは、あいつ明日は学校来るってこと？」

西山くんに聞かれた私は、首を横に振った。

「学校には、まだ来られません。だから、その……スマホで、その様子をリアルタイムで見てもらおうと思ってる」

スマホを正面に置いて、楓とビデオ通話で繋げたままライブをする。そうすれば、私の歌をそのまま楓に届けることができるから。

「なるほどな」

西山くんは、腕を組んで考えている。

こんな提案をいきなりされたって、本番は明日なのだから困るに決まっている。それは分かっていたけれど……。

「お願いします。私には、それしか……できなくて……」

こみ上げてきそうになる涙をグッと堪えて、私はまた頭を下げた。

「ていうかさ、とりあえず今、歌ってもらったら？　聴かないと分かんないし」

その言葉に、私はハッと顔を上げた。

ドラムスティックをくるくると回しながら、本橋くんが「俺らもボーカルいたほうがいいじゃん」と、ふたりに話している。

「確かにそうだな」

「どうせライブするなら、ボーカルもいたほうが盛り上がるし」

西山くんと中嶋くんもそう言ってくれているけど、つまり、私は今から三人の前で歌うということだろう。

「というわけだけど、歌ってもらっていい？　てか、今マイクないからアカペラになるけど」

緊張しないわけがない。だけど、もし歌わせてくれるなら明日に向けて練習しなければいけないし、どちらにしても私の歌を聴いてもらわないとはじまらない。

意を決して頷いた私は、スマホの音量を最大にしてＡＭＥの音源を流す。

そして、できるだけ緊張しないように目を閉じ、三人が見ている前で歌った……――。


曲が終わると、静寂に包まれた教室で、私は息を呑んでうつむく。

あまりにも静かだからか、天井で回っている扇風機の音がやけに大きく聞こえる。

「早坂さ……」

「はっ、はい」

西山くんの第一声に背筋を伸ばして身構えると、三人は顔を見合わせたあと、私に向かって拍手をした。

「早坂って、こんなに歌うまかったんだな」

「ほんと、マジでビビった」

「これ、明日ヤバいんじゃね？」

西山くん、中嶋くん、本橋くんが続けてそう言うと、肩の力が抜けた私は、思わずその場に座り込んでしまいそうになった。

「それで、私は……明日……」

「もちろん、ボーカル（仮）として、明日歌ってもらうから」

「あ、ありがとう！　だけど、その、楓に聴かせたいのは、今歌った曲で……本番は明日だけど……」

「うん。なんかそうなんだろうな～と思ったけど、まぁ曲調はゆっくりだし、そこまで難しい感じじゃなさそうだから、やってみるよ。俺たちこう見えて中学の頃から楽器やってたから、自信だけはあるし」

三人は多分、ＡＭＥの曲を聴いたのは初めてだと思う。それなのに、西山くんは私の気持ちを汲んでそう言ってくれて、本橋くんと中嶋くんも、あたり前のように楽器を鳴らしはじめた。

「ありがとう。本当に、ありがとう……」

文化祭で歌うとなると、きっとたくさんの生徒が見ることになるけれど、こんな無茶なお願いを聞いてくれた三人のためにも頑張りたい。

そして、絶対に楓に届けたい。

＊

練習を終えたのは、最終下校時刻の十八時半だった。

【今日は少し遅くなるけど、二十時までには帰るから心配しないで】

お母さんにメッセージを送った私は、いつものバスに乗り込んだ。そして楓の自宅近くのバス停からさらにふたつ先にある、病院前のバス停で降りる。

楓が入院している大学病院はとても大きくて、敷地内にコンビニやカフェやレストランもあるからかなり便利らしい。

面会時間終了まであと三十分しかないため、病院に入った私はコンビニでプリンを買い、急いで楓の病室に向かった。

個室のドアをノックすると、中から「はい」と声がする。

「遅くなっちゃってごめん」

病室に入ると、ベッドに座っている楓は私を見るなり少し驚いたように目を見開いた。

手元にはタブレットがあるので、イラストを描いていたのかもしれない。

「今日は来ないのかと思ったけど、こんな時間に大丈夫なのかよ」

「こんな時間って、まだ面会時間内だよ」

「そうだけどさ、遅くなりそうなら無理して来なくてもいいのに」

「無理なんてしてないよ」

買ってきたプリンを冷蔵庫の中に入れたあと、私はベッドの横の椅子に座って楓を見つめる。

「今日はさ、楓にお願いがあるんだ」

「なんだよ、そんな改まって」

私の真剣な眼差しに何かを悟ったのか、楓は開いていたタブレットを閉じて私に視線を向ける。

「あのね、明日って文化祭じゃん？」

「ん？　あ、そっか。すっかり忘れてた。入院してると日にちが分かんなくなるんだよな」

「それで、楓に見せたいものがあるから、明日電話してもいい？」

「見せたいものって？」

「えっと、それは明日教えるから、とにかくちゃんとスマホの充電をしておいてほしいの」

「あぁ、分かった」

少し戸惑いながらも深く追求することなく、楓は了承してくれた。

ちらっと時計を見ると、あと五分で面会終了の時間だ。

「今日はそれだけ伝えたかったから、もう行くね。時間はまた明日の朝知らせるけど、絶対に電話出てね。絶対だよ」

「分かったって、あたしはこう見えて約束はちゃんと守るタイプなんだから」

「知ってる。そうだ、プリンあとで食べてね」

「うん、ありがとな」

「じゃあ、また明日」

「明日な」

これからもこうやって明日の約束をして、私たちはまたふたりで笑い合える。絶対に。

そのためにも、ひとりで戦う楓の背中を少しでも支えられるように、私は私にできることを、全力でやろう――。

＊

【十三時半からなので、その時にまた電話するね】

朝一番で楓にメッセージを送った、文化祭当日。

午前中は、在籍している生徒が学年ごとに展示品を見て回り、感想をタブレットで記入することになっている。

そして昼休憩を挟んで午後の部は、体育館と校庭に設置された舞台でそれぞれ部活動の発表が行われ、生徒たちは自分たちが見たいものを自由に鑑賞することになる。

バンド同好会は校庭の舞台で演奏するため、お昼のお弁当を食べ終わった私は急いで音楽準備室に向かった。

楽器をあらかじめ外に置いておくと、もしも雨が降ってしまった場合大変なことになるので、直前にみんなで運ぶことになっているからだ。

第二校舎の音楽準備室に入ると、三人がすでに楽器を運ぶ準備をはじめていた。

「遅くなっちゃって、ごめん」

「いや、俺たちも今来たばっかりだから。早坂はこれ持てる？」

「あ、うん」

万が一落としてしまったら大変なので、私は西山くんから渡されたギターのケースを両手で抱えるように持った。

中嶋くんはベースと、それからケースに入ったドラムのパーツは、バンド同好会の三人が手分けして運んだ。

校庭に出て舞台に楽器を置いた私は、一度空を仰いで目を細める。

事前の予報通り、今日は雲ひとつない晴天に恵まれ、湿度もそれほど高くないから空気も澄んでいる。

「俺たちは少しここで練習するけど、早坂はどうする?」

「あ、えっと……私は、ちょっと気持ちを落ち着かせたいから、その……ひとりになってもいいかな」

みんなの前ではなんとか平常心を保っているけれど、本当は朝からずっと緊張で手の震えが止まらない状態だった。

「時間までに戻ってきてくれれば全然いいよ」

西山くんがそう言ってくれたので、私は鞄を持って校庭を離れた。

昼休みの校舎は、いつも通り喧騒に包まれている。そんな中、教室に戻った私は自分の席を一瞥《いちべつ》してから窓際に向かい、楓の席に座った。

数人のクラスメイトの視線が私に向いていると気づいていたけれど、私はそのままイヤホンを耳につけてスマホを操作した。

これから歌うAMEの曲を聴きながら、窓の外を見る。

校庭を囲う木々が風にのって少しだけ揺れると、鳥が数羽飛び出していった。

この席に座っている楓は、いつもこうやって景色を眺めていたのかな。

そんなことを思いながら視線を少し下げると、校庭では三人が演奏の練習をしていて、舞台の前にはたくさんの椅子が並べられている。

これから私は、あの舞台で歌うことになる。本当に、やれるのだろうか。

考えれば考えるほど不安に押しつぶされそうになるけれど、楓の不安な気持ちを思えば、こんなのはどうってことない。

しばらく楓の席で曲を聴きながら外の景色を見たあと、本番の十五分前になって私は教室を出た。

といっても、まだ校庭には行かない。本番まであと少しだけ、心を落ち着かせよう。

第一校舎と第二校舎の陰、生徒があまり通らない場所に立った私は、壁に背中を預けてふーっと息を吐く。

私がみんなの前で歌うと分かった時、楓はどんな顔をするだろう。その瞬間の表情を私は見ることができないけれど、きっとビックリするだろうな。

目を丸くしている楓を想像して、少しだけ笑みを浮かべると、

「美羽？」

突然名前を呼ばれた。

驚いて顔を上げると、視線の先にいたのは彩香と由梨で、ふたりは何か話をしたあと私に近づいてきた。

あれ以来、避けられているので話をするのは久しぶりだ。

「あのさ、さっきなんか中嶋くんたちと楽器運んでるの見たんだけど、美羽も何かやるの？」

彩香に聞かれ、どう答えたらいいのか迷った私は、黙ったまま視線を地面に落とす。

「まさか、バンドじゃないよね？」

「あ……えっと……」

隠していたってどうせすぐに分かることなんだから、今言ってしまおう。そう思って私が口を開くより先に、彩香が言った。

「そんなわけないよね。だって、話すのが下手な美羽がいきなり歌うなんて想像できないし、似合わないもん」

顔を見合わせているふたりを前に、もやもやとした霧のような影が胸の中に広がる。

やっぱりふたりの目には、そういうふうに映っていたんだ。私のことを見下していたのかもしれない。喋るのが苦手なのは事実だし、そう思われても仕方がないけど。

だけど……。

『下手？　よく分かんないけど、そんなのどうだっていいよ。長かろうと、それが早坂なんだろ？　だったら別に気にするな』

楓に言われた言葉を思い出した私は、胸の中の霧を振り払うように、下げた両手をグッと強く握りしめる。

私が歌うことを、否定してほしくない。

「わ、私……歌うの。だから、ふたりにも見てほしい」

私の言葉が信じられないのか、彩香も由梨も唖然《あぜん》とした顔で私を見ている。

「……嘘でしょ？　もしかして、佐久間さんとなんか関係あるの？　佐久間さんとかかわるようになってから、なんか美羽変わったし」

彩香がそう言って目を細めた。

「そういえば佐久間さん最近ずっと休んでるけど、もしかして退学するの？」

「なんかそういう噂あるよね」

「やっぱなんかヤバいことしてたんじゃない？」

彩香と由梨の言葉を聞いた私は、地面を見つめたままもう一度強く拳を握りしめた。

前に楓のことを悪く言われた時、私は何も言い返せなかった。どう言えばいいのか分からなくて、庇うことができなかった。

そんな自分が嫌で嫌でたまらなかったけど、今は……。

「楓は、すごくいい子なんだよ」

そう言って顔を上げた私は、ふたりに真っ直ぐ視線を向ける。

「楓は誰かを見下したり、悪口だって言わない。ヤバいことってよく分からないけど、楓は家族思いで優しくて本当にいい子なんだ。だから、楓のことを悪く言わないでほしい」

迷わずハッキリとそう告げると、ふたりは口を開いたまま私を見て固まっている。

「……じゃあ、あの、私そろそろ行かなきゃいけないから」

何も言わないふたりをその場に残し、私は足早にステージへ向かった。

楓と出会う前の私なら、絶対に歌えなくなっていたと思う。こんなふうに友だちに言われてしまうのは自分自身のせいだと責めて、楓を庇うこともできずに泣いていたかもしれない。

でも、こんな自分を少しだけ好きになれた今は、自己嫌悪に陥るよりも、友だちを想って歌うほうが大切だと思える。

顔を上げた私は、ステージの裏にいる三人に駆け寄った。

「おっ、来たな。大丈夫か？」

心配するような表情の三人に、私は「平気だよ」と力強く告げた。

「そろそろ時間だけど」

すると、舞台の裏に来た生徒会長の上村さんが、私たちにそう告げてきた。

「了解。もう出ます。早坂、スマホセッティング行けるか？」

「うん」

西山くんに言われた私は三人から少し離れ、楓にビデオ通話で電話をかけた。

「もしもし、楓？」

画面に映る楓はベッドに座っていて、昨日と変わらず元気そうで安心した。

『おう。ていうか、何があるのか昨日からめっちゃ気になってんだけど』

「もうすぐだから、ちょっと待って」

電話をかけながら歩き出した私は、緊張しないためにも客席をできるだけ見ないようにして、ステージの前に出た。

『なんか、騒がしいな』

客席はざわついているけれど、ここにいるほとんどの生徒は、私が歌うなんて思っていないだろうな。

「うん。あのね、今からバンド同好会のライブがあるんだ」

『そっか、あいつら結局ボーカルなしで演奏することになったんだな』

「……ううん、違うよ」

首を傾げた楓の目を見つめ、私は言った。

「今から私が歌うから、楓には特等席で聴いていてほしいんだ」

『……え？』

前に楓は、私にこう言った。

『そっか。まぁ、無理する必要はないと思う。美羽が歌いたいって思った時に歌えばいいじゃん。そん時、あたしは一列目のど真ん中を陣取るけどな』

だから楓には一番前で、誰よりも私に近い場所で見てほしい。

客席の一列目よりも前に、ひとつだけ机を用意した。私はそこに、舞台がちゃんと映るようスマホをセットする。

『美羽？』

「そのまま、一番前で見ていてね」

戸惑う楓の顔を見ながら、最後にもう一度そう伝えた。

スマホから離れた私は、ステージ裏にいる三人のところへ戻る。

「そっちは大丈夫そうか？」

「うん。ちゃんと楓にも見えるように置いたから」

「よし、じゃー行くか」

西山くんが声をかけると、みんなの顔に緊張の色が浮かぶ。

もちろん私も緊張しているけれど、楓が見てくれていると思うと、不思議と心が落ち着いた。

「午後の部最初の演奏は、バンド同好会のライブとなります」

実行委員から紹介を受け、西山くんを先頭に中嶋くん、本橋くん、そして私と、続いてステージに上がった。

うつむいたままステージ中央に立ち、ゆっくりと顔を上げると、そこには見たことのない光景が広がっていた。

置いてある三十脚の椅子は埋まっていて、座れなかったたくさんの生徒が後方に立っている。

想像以上に多くの生徒が見に来てくれていることに一瞬怯んで唾を飲むと、バンドの代表として西山くんが口を開いた。

「こんにちは、バンド同好会です。実は、昨日までボーカルがいなかったのですが、急遽《きゅうきょ》、文化祭限定で早坂さんがボーカルを務めてくれることになり、無事に今日を迎えることができました。そんな早坂さんから、ある人へ向けてメッセージがあるということで、演奏の前に少し時間をいただけると嬉しいです」

ちらっと右に視線を向けると、合図を出すように西山くんが頷いた。

ドキドキと心臓が鼓動して、マイクを握りしめている両手が震える。

『命を救うと思って、あたしのために歌ってほしいんだ』

一度目を閉じると、真っ先にあの時の楓の言葉が頭をよぎった。

最初は何が起こったのかわけが分からなくて戸惑ったけれど、私と楓の日々は、あの瞬間からはじまったんだ。」

瞼を開いて小さく深呼吸をした私は、画面の向こうにいる楓に真っ直ぐ視線を向け、唇を開く。


「わ……私は、小さい頃から、歌が、好きでした。

でも、いつも何をするにも、他の子よりも遅くて、喋ることも下手で……。

そういう自分をどうにかしたくて、普通になりたくて頑張ったけど、みんなと同じにはなれなかった。

成長していくにつれて、どんどん自信も失っていって、大好きな歌も、人前で歌うことはできませんでした。

学校では、とにかくまわりに迷惑をかけないように、親にも心配かけないように、毎日必死でした。今も、必死です……。

毎日心がすり減って、苦しくて。

だから私は、自分のことが……大嫌いだった。

誰とも喋らず、学校にも行かず、ただ大好きな音楽を聴きながら、自分だけの世界で小さくうずくまっていられたらいいのにって、そう思ってました。

だけど……そんな私の手を……。

私の手を、あなたが握って立ち上がらせてくれた。

そして、違う世界に連れていってくれた。

普通とか普通じゃないとか、そういうことはどうでもよくて、私を早坂美羽という
ひとりの人間として、あなたは向き合ってくれた。

『命を救うと思って、あたしのために歌ってくんない!?』

あなたがそう言ってくれたから、私は顔を上げて、大好きな歌を歌うことができた。

こんな私にも、やれることがあるんだって思えた。

あなたが言葉をかけてくれるたびに、暗い陰に少しずつ光が差していくのが分かった。

励まそうとか思っているわけじゃなくて、ただありのまま、あなたは自分の思うことを口にしているだけだったと思う。

でも、だからこそ、その言葉は真っ直ぐに私の心を照らしてくれたんだ。

どうしていいのか分からなくて、真っ暗だった私の世界に光をくれたのは、あなたです。

親に自分の気持ちを伝えるための勇気をくれたのも、あなたです。

駄目な私も弱い私も、そのままの私を受け入れてくれる人は必ずいるんだって、あなたがいたからそう思えた。

あなたが手を握ってくれたから、私の世界ははじまったんだよ。

だから今日は、大切なあなたのために歌いたい。

ほんの少しでもいいから、あなたに勇気をあげられるように。

ほんの少しでも、あなたの背中を支えられるように……」


死の恐怖と戦いながらも、大切な家族のために頑張っている楓は、誰より強い。

そして、誰より優しいよ。


『もう一回言うけどさ、命を救うと思って、あたしのために歌ってほしいんだ』

『美羽の歌声が好きだからだよ』

『あたしを信じて歌声を預けてくれないか』

『これからあたしが描くイラストは、美羽の歌で完成する。そういう絵を描く。だから力を貸してほしい』

『マジで、部屋の外で聴くより何億倍も最高だった！　聴かせてくれてありがとう！ていうか、歌ってくれてありがとう！　もうほんっとうに最高！』

『美羽、お前の歌声は唯一無二だ。これからもよろしくな』

『美羽の歌声を聴いてるとさ、なんかこう元気が出るっていうか、すごいパワーをもらえるんだよね』

『別に、美羽はそのままでいいじゃん。誰かと比べる必要なんてないと思うけど』

楓がくれたたくさんの言葉を思い返した私は、一度うしろを向いて溢れそうになった涙を拭い、三人に合図を送る。

すると、演奏がはじまった。

ゆったりと、穏やかなイントロが流れる。

「そんな大切な友だちのために、ＡＭＥの『彩』を歌います。聴いてください」

そう言って、息を吸った。

私には、楓の病気を治してあげることはできない。

でも、楓の命を救いたいという強い想いを込めて、精一杯歌うから。

だから、どうか……――。

＊＊＊

泣かないように、今までずっと我慢してきたあたしの目から、自然と涙がこぼれ落ちた。

スマホの画面に映る美羽が、輝いて見えたから。

美羽の表情はとても綺麗で、まるで背中に羽が生えたように堂々と、大好きな歌を楽しそうに歌っている。

美羽のそんな顔を見たら、泣くに決まってるじゃん。

でも、あたしは最初から分かってたよ。

たとえゆっくりだとしても、美羽はきっと、自分の羽で高く飛べるって。


〝きみに彩られ、あたしは羽ばたいた〟


美羽の優しく澄んだ歌声が、イヤホンを通してあたしの耳に届く。

本当は、死ぬかもしれない手術なんて受けたくないって、親にそう言うつもりだった。

だけど美羽が歌っている姿を見ていたら、あたしも、自分の羽で好きな場所に飛びたいって思ったんだ。

だから決めたよ。

死ぬために生きるんじゃなくて、生きるために、必死にもがいてやる。

明日も明後日も、五年後も十年後もずっと、あたしがあたしでいられるように。

絶対に、生きてやる……――。

エピローグ　世界のはじまり

た。

「じゃあ、行ってくるね」

「暑いから気をつけて」

「はーい」

靴を履くと、キッチンから声をかけてきたお母さんに返事をした私は、ドアを開けた。

お母さんが心配性なのはやっぱり変わらないけど、朝や帰宅時にあれこれ言われる回数は、以前よりもずっと少なくなった。

それに、お母さんも私と同じように悩んでいるんだって分かったから。

だから『大丈夫？』と聞かれても、前みたいに不安になることはなく、胸を張って大丈夫だと答えられるようになったと思う。

「よし、行こう」

気合いを入れた私は、降り注ぐ強い陽光を日傘で遮りながら駅に向かった。

八月に入り、夏休み中の今日は、ある場所へ行くことになっている。

ニュースで散々言っているけれど、今年の夏の暑さは本当にヤバい。今日のような快晴だと太陽はもちろん、焼けつくようなアスファルトからもジリジリと熱を感じる。

朝八時で三十度近い気温なのだから、日中は危険な暑さになりそうだ。

駅に着いた私は、ハンドタオルで額の汗を一度拭う。すると、すぐに電車がホームに入ってきた。

扉が開き、一気にひんやりとした空気に包まれる。夏休みだからか、電車内は学生がいないぶん比較的空いていたけれど、私は座らずに扉の横に立った。

電車が走り出すと、流れる景色を見ているだけで、胸がドキドキと高鳴りはじめる。速まる鼓動を抑えるように手すりを強く握り続け、三つ先の駅で電車を降りた。

湿気を含む、もわっとした重い空気に再び包まれながら改札を出ると、向かったのは駅から歩いて五分ほどの場所にある、大きな公園だ。

日が当たる広場の中央にはさすがに誰もいないようだけど、広場のまわりを囲っているたくさんの木々の近くには人がちらほらと見える。

その中の一本の大きな木が、私の目に留まった。

赤とピンクの綺麗な髪。一歩一歩足を進めるたびに、木陰に座っているその姿が鮮明になってくる。

こみ上げてくる感情を必死に抑えながら、私は視線を下げて夢中でイラストを描いているその人の前に立った。

何度考えても、やっぱり最初はこう言いたい。

目の前にいるその人に真っ直ぐ視線を向けて、ゆっくりと唇を開く。

「お帰り……楓……」

声を震わせながら伝えると、泣かないと決めていたはずの目から、おのずと涙が溢れてきた。

「ただいま、美羽」

私を見上げた楓が、優しい笑みを浮かべた瞬間、私は子供のように顔を歪ませて、ぼろぼろと涙をこぼした。


楓の手術が行われたのは、文化祭の十日後だった。

そして、ただひたすら祈り続けていた私のもとに連絡がきたのは、十九時を過ぎた頃。電話をくれたのは、楓のお母さんだった。

『手術は、無事成功しました。心配かけてごめんね。美羽ちゃん、本当にありがとう』

楓のお母さんの声は、とても力強かった。

すでにたくさん泣いたあとだからなのか、それとも私に気を使わせないようになのか分からない。けれど言われた瞬間、私のほうが声を出して泣いてしまったんだ。

連絡をくれたお礼をちゃんと言いたいのに、自分でも何を言っているのか分からないほど泣きじゃくって。そうしたら、そばにいたお母さんが電話を代わってくれた。

『すみません、美羽の母です。大変な中ご連絡をいただき、ありがとうございます』

あとから何を話したのか聞いたら、楓のお母さんはこう言っていたらしい。

『楓が私に言ったんです。弱気になっていたあたしに美羽が勇気をくれたから、今度はあたしが頑張る番だって。美羽ちゃんのおかげで、楓は頑張れたんだと思います』

私の歌に、命を救うような力があるとは思っていない。

だけど、私の歌が一歩踏み出すための勇気に少しでもなれたのなら、こんなに幸せなことはないと心から思えた。


そして手術から約一ヶ月後、三日前に楓は無事退院した。

「いつまでも突っ立ってないで、ここ座りな」

楓がそう言ってくれたので、私はしゃくり上げながら楓の隣に腰を下ろす。

「もう泣かなくていいから」

楓が私の頭にポンと優しく手を置いた。

「だって……私っ、楓が……」

会うのは退院してからにしたいという楓の希望で、入院中はメッセージのやり取りのみだった。だからこうして顔を合わせるのは久しぶりで、泣くなと言われても勝手に涙が溢れてしまう。

「引くくらい泣いてんじゃん」

笑っている楓の横で私は涙を拭き、時間をかけてゆっくりと深呼吸を繰り返してから、水筒の麦茶を飲んだ。

「どう、落ち着いた？」

コクリと頷いた私は、改めて楓に視線を向ける。

最後に会ったのは手術の二日前だったけれど、その時よりも顔色がよく見えるのは、ここが晴れ渡る空の下だからだろうか。

わずかに差している木漏れ日が、楓のカラフルな髪をより明るく照らしている。

「楓、本当に頑張ったね」

「頑張ったのは先生や看護師さんだよ。あたしは寝てただけだから、なんもしてないし」

「そんなことない、楓は頑張ったよ。ありがとう。生きていてくれて、隣にいてくれて、歌を歌わせてくれて。私と出会ってくれて、ありがとう」

明日のことは分からないからこそ、その日、その瞬間に感じたありがとうは、これからもすぐに口に出して伝えていきたい。

だって、今という時間は、今しかないんだから。

「何言ってんだよ、礼を言うのはあたしのほうだ。ありがとな、美羽」

また涙が出そうになったけれど、唇をグッと噛んで楓を見つめる。

「それで、復帰第一弾の動画配信で、これをアップしようと思ってるんだ」

楓は持っていたタブレットを私に見せた。

そこに描かれているのは、楓が得意とする女の子のイラストだ。淡い色使いで繊細に描かれた長い髪の女の子と、周囲を舞うカラフルな羽がなんだか神秘的で、楓の世界観が前面に出ている。

微笑んでいる女の子の表情を見るだけで、心から楽しんで描いている楓の姿がありありと浮かんだ。

「最初は、手術前に完成させて美羽に見せるつもりだった。もし描き終わる前にあたしが死んじゃったら、もう見せることができないと思ったから」

楓の言葉に、私は思わず「えっ」と呟いて表情を強張らせた。

「だけど美羽の歌を聴いて、これは手術を終えて退院したら見せようって決めたんだ。死に迫られて焦って描くんじゃなくて、手術が成功して落ち着いたら、ちゃんと楽しみながら自由に、納得できる絵を描こうって。そう思ったらさ、見せるまでは絶対に死ねないじゃん？」

いたずらっぽく笑う楓につられて、私も目に涙を浮かべながら微笑んだ。

「この女の子は、美羽をイメージして描いたんだ」

「えっ、私？　私、こんなに可愛くないよ」

焦る私を横目に、楓は「あはは」と声を出して笑っている。

「美羽は可愛いよ。可愛くて優しい。素直だし、温かい。そんな美羽のことを思い浮かべながら描いたら、自然とこうなったってわけ」

照れくさいけどすごく嬉しくて、はにかみながら「ありがとう」と伝える。

「えっと、じゃあ、このイラストに私の歌を合わせるの？」

「あ～、そのことなんだけど、配信については美羽に任せるよ。最初はほら、登録者数をなんとか増やしたくて美羽の歌声を利用しようと思ったけど、今は違うから。イラストレーターになる夢を追いかけながら、あたしはあたしの好きな絵を描いて動画配信は続けるし。だから美羽も、自分がしたいことを――」

「私、歌いたい」

楓の言葉にかぶせるように、自分の気持ちをハッキリと口に出した。

「また楓と一緒に……楓のイラストで歌いたいんだ。どんな形でも歌い続けたいって思っていたけど、やっぱり私の歌は、楓のイラストで完成するんだよ。だからお願い、これからも歌わせて」

それは以前、楓が私に言った言葉と同じだった。

『これからあたしが描くイラストは、美羽の歌で完成する。そういう絵を描く。だから力を貸してほしい』

私は楓の手術が成功したと聞いた日に、決めたんだ。これからも歌い続けて、それを色んな人に聴いてもらいたいって。

「歌っても、いい？」

「何言ってんだよ、そんなのあたり前だろ。だってあたしは、美羽の一番のファンなんだから」

「楓……」

「自分のイラストで推しが歌ってくれるなんて、そんな夢みたいなことあるかよ」

そう言って無邪気に笑う楓を見ていたら、またじんわりと涙がこみ上げてきそうになった。

「ありがとう、楓」

＊

しばらくは体にあまり負担をかけないほうがいいということで、楓はバイト先のカラオケ店を辞めた。

最後まで大丈夫だから続けたいとごねたらしいけれど、母親だけでなく、事情を聞いている店長や同じアルバイト仲間にも説得されて仕方なく辞めたというのが、なんとも楓らしい。

バイトを辞めても、楓は遅れたぶんの勉強や補習で毎日忙しくしていた。そのため、退院してから初めて動画を配信したのは、夏休みに入って二週間後の一昨日だった。

「よし、今日はどうしようかな」

朝食を食べて部屋に戻り、どの宿題をやろうか考えながら机に向かうと、スマホから着信音が鳴った。画面には楓の名前が出ている。

こんなに朝早くから、どうしたんだろう。

「もしもし？」

『美羽、大変だよ！　マジでヤバイ！』

電話に出た瞬間、ずいぶんと慌てた様子で楓が言った。

「えっと、どうかしたの？」

『一昨日アップした動画、今すぐ見られるか？』

「うん」

『いいか、とにかく落ち着いて』

私はずっと落ち着いているけど、楓がこんなに慌てているのも珍しい。

電話を繋いだまま、私は自分のパソコンで動画サイトを開いた。

『一回深呼吸して、見てみな』

言われた通り、私は一度深呼吸をしてから一番新しい動画に視線を向けると……。

「……え？　これって、何？　どういうこと？」

私をイメージして描いてくれた楓のイラスト。それにのせて歌った、AMEの『彩』。その動画の再生数が、信じられない数になっていた。

これまで一番多くて七百回ほどだった再生回数を、大きく上回っている。

「いち、じゅう、ひゃく、せん……え、え、いち……一万!?」

思わず大きな声を上げてしまったけれど、何度数えても間違いない。

『そうなんだよ！　しかも、チャンネル登録者数がいきなり千人を超えたんだ！』

目の前にある現実が信じられなくて、なんだか夢を見ているみたいだった。

世間でいうところのバズるとまでは言えない数なのかもしれないけど、配信をはじめたばかりの私たちにとっては、じゅうぶんすぎるほど驚くべき数だ。

「嘘……なんで、こんな」

『なんでって、そんなの決まってるだろ。美羽の歌声が、これだけの人に届いたってことだよ』

私の歌声を、こんなに多くの人が？

『美羽、聞いてるか？　おーい、大丈夫か？』

「あっ、ごめん。ちょっと信じられなくて」

『あのさ、少し会いたいんだけど時間ある？』

「えっと、うん、大丈夫だけど」

『じゃあ、ふたりでささやかなお祝いでもしよう！』

楓の提案で待ち合わせた場所、それは一度ふたりで来たことのある喫茶ＦＬＯＷＥＲだった。

扉を開けると、カランと鐘の音が鳴る。

「いらっしゃいませ、空いている席にどうぞ」

店員さんに小さくお辞儀をしてから目線を奥に向けると、前と同じ窓際の席に座っている楓が、私に向かって手を振った。

「遅れてごめんね」

「全然、あたしも今着いたところだし」

コーヒーが苦手な私はアイスティーを、楓はジンジャーエールを注文した。

冷えたグラスを手に持ち、目を合わせる。

「かんぱ～い」

そして、小さな声を揃えた。

楓がスマホを出して動画を開くと、視聴者数はまた伸びている。

「どうして急に、こんなことになってるんだろう」

「美羽は、なんでか分かるか？」

楓に聞かれ、前と何が違うのかと考えた時、まっさきに思ったのは、歌っている時の自分の気持ちだ。

前はただただ楽しくて、歌えることが幸せだと思いながら歌っていたけど、この曲を録った時は、それだけじゃなかった。

「私……文化祭で歌って、それが少しでも楓の力になれたって分かった時に、思ったの。たったひとりでもいい、ほんのちょっとでもいいから、これからも悩んだり苦しんだりしている誰かの世界が、私の歌で変わってくれたらいいなって」

そういう思いを込めて、この曲は歌ったんだ。

「うん。じゃあさ、そういう美羽の思いが、聴いてくれている人に伝わったのかもしれないな。ていうか、実はあたしもそうなんだ」

私が首を傾げると、楓は自分の描いたイラストに視線を向けた。

「今まではどうやったらバズるかとか、流行りにのるにはとか、そういうことばかり考えてイラストを描いてた。だけどこのイラストは、本当に心から楽しんで描いたんだ。それと、見てくれた人の心に少しでも残ったらいいなって。いつも絵を描く時は自分のことだけしか考えてなかったのに」

「じゃあ私たちはお互い、この動画に出会ってくれた、顔の見えない人たちのことを考えていたってことなんだね」

「うん。だからこそ、何か伝わったのかもしれないって、あたしは思ってる。まぁ、偶然とか運ってのももちろんあると思うけどな」

そうだとしても、楓と一緒に心を込めて作った動画を、たくさんの人に見てもらえているという現実が嬉しい。

それに、楓がこうして目の前にいて、生きて、笑ってくれていることが、私は何より嬉しかった。

「てか、人の顔見て何ニヤニヤしてんだよ」

「ご、ごめん、だって……嬉しいんだもん」

「確かに、こんだけの数の人に見てもらえたら嬉しいよな」

「ううん、そうじゃなくて」

「ん？」

「楓が、生きていてくれて」

「……急に何言ってんだよ。泣かそうと思ったって、あたしはもう絶対泣かないからな」

「そういうわけじゃないよ。ただ本当にそう思ったから、言っただけ」

「まぁ確かに、あたしも生きててよかったって思うよ」

「うん」

楓にはイラストレーターになりたいという夢があるけれど、私は歌い手になりたいとか、本格的に歌手活動をしたいとか、そういうことはまだ思っていない。

今はまず進学を目指して勉強を頑張って、今より少しでも早く行動できるように努力して、自分のやれることと向き合いながら少しずつ将来のことを考えようと思っているから。

もちろん、この先どうなるか分からないし、やっぱり歌手になりたい！とか思うかもしれない。

それに、ずっとこうして楓と一緒に動画配信をできるかどうかも分からないし、お互いの夢が変わることだってあるかもしれない。

それでも今は私にできること、やりたいことを精一杯やっていきたい。

もちろん、楓と一緒に。

「美羽」

「ん？」

私が顔を上げると、身を乗り出した楓があの時と同じように、突然私の手を両手でガッチリと握った。

「これからもよろしくな」

楓の言葉に瞼を上下させた私は、戸惑うことなく目尻を下げて言う。

「こちらこそよろしくね、楓」

私には、苦手なことやできないことがたくさんある。

だけど、楓と出会ったことではじまったこの世界を、私らしく進んでいこう——。

END

あとがき

このたびは『世界のはじまる音がした』をお読みくださり、ありがとうございます。

今作は美羽と楓という女の子が主人公ですが、これまで色々な小説を書いてきた中で、ダブル主人公は初めてでした。しかも女の子ふたりの青春友情物語というのも初めてで、とても新鮮な気持ちで書けました。

ふたりの主人公はそれぞれ悩みを抱えていますが、特に美羽は少しだけ昔の自分に似ているところがあります。今の私を知っている人からすると信じられないかもしれないけれど、行動が遅くて、小学生の頃は給食が最後になってしまうこともしょっちゅうありました。そんな私も、今ではせっかちになってしまいましたが（笑）

さらに美羽の母親は、今の自分に似ています。だからなのか、書いている途中は少し苦しくもありました。

けれど、そんな美羽が楓という女の子と出会うことにより、少しずつ変わっていきます。書いている私が言うのもなんですが、楓は本当にかっこよくて、美羽と同じように私も楓が大好きになりました。

美羽のように自分が嫌いだったり、楓のように弱さを見せられなかったり、他にも色々な悩みを抱えている子はたくさんいると思います。そういう子たちの支えに少しでもなれたらいいなと思いながら、この作品を書きました。

私の小説じゃなくてもいい。美羽と楓のように好きな歌い手の曲でも、ゲームでも、アニメでもなんでもいい。素敵な出会いによって、みなさんの世界がより優しいものになることを、祈っています。


そして実は、前作『雨上がりの空に君を見つける』に出てきたある場所が、今作にも出てきていることにお気づきになりましたでしょうか？

それから、ふたりの推しである歌い手『ＡＭＥ』ですが、その正体は……作中のどこかにいますので、予想をしながら、ぜひもう一度読んでみてください。


最後に、とても素敵な表紙を描いてくださった、あろあ様、ありがとうございます。

出版にあたりお世話になったすべての方々に、感謝申し上げます。

そして、読んで下さった皆様。この作品に出会ってくださり、本当にありがとうございました。

菊川あすか

この物語はフィクションです。実在の人物、団体等とは一切関係がありません。

菊川あすか先生へのファンレターのあて先
〒104-0031　東京都中央区京橋1-3-1　八重洲口大栄ビル7F
スターツ出版（株）書籍編集部 気付
菊川あすか先生

世界のはじまる音がした

2024年10月28日　初版第1刷発行

著　者　菊川あすか　

発 行 人　菊地修一
デザイン　フォーマット　西村弘美
カバー　長﨑綾（next door design）
発 行 所　スターツ出版株式会社
〒104-0031
東京都中央区京橋1-3-1　八重洲口大栄ビル7F
TEL　03-6202-0386　（出版マーケティンググループ）
TEL　050-5538-5679（書店様向けご注文専用ダイヤル）
URL　https://starts-pub.jp/
印 刷 所　大日本印刷株式会社

Printed in Japan

ISBN　978-4-8137-1654-9　C0193

スターツ出版文庫　好評発売中!!

『追放令嬢からの手紙～かつて愛していた皆さまへ　私のことなどお忘れですか?～』　マチバリ・著

「お元気にしておられますか？」――ある男爵令嬢を虐げた罪で、王太子から婚約破棄され国を追われた公爵令嬢のリーナ。5年後、平穏な日々を過ごす王太子の元にリーナから手紙が届く。過去の悪行を忘れたかのような文面に王太子は憤るが…。時を同じくして王太子妃となった男爵令嬢、親友だった伯爵令嬢、王太子の護衛騎士にも手紙が届く。怯え、蔑み、喜び…思惑は違えど、手紙を機に彼らはリーナの行方を探し始める。しかし誰も知らなかった。それが崩壊の始まりだということを――。極上の大逆転ファンタジー。

ISBN978-4-8137-1644-0／定価759円（本体690円+税10%）

『#嘘つきな私を終わりにする日』　此見《このみ》えこ・著

クラスでは地味な高校生の紗倉は、SNSでは自分を偽り、可愛いインフルエンサーを演じる日々を送っていた。ある日、そのアカウントがクラスの人気者男子・真野にバレてしまう。紗倉は秘密にしてもらう代わりに、SNSの“ある活動”に協力させられることに。一緒に過ごすうち、真野の前ではありのままの自分でいられることに気づく。「俺は、そのままの紗倉がいい」SNSの自分も地味な自分も、まるごと肯定してくれる真野の言葉に紗倉は救われる。一方で、実は彼がSNSの辛い過去を抱えていると知り――。

ISBN978-4-8137-1627-3／定価726円（本体660円+税10%）

『てのひらを、ぎゅっと。』　逢《あ》優《ゆ》・著

彼氏の光希と幸せな日々を過ごしていた中３の心優は、突然病に襲われ、余命３ヶ月と宣告される。そんな中で迎えた２人の１年記念日、光希の幸せを考えた心優は「好きな人ができた」と嘘をついて別れを告げるものの、彼を忘れられずにいた。一方、突然別れを告げられた光希は、ショックを受けながらも、なんとか次の恋に進もうとする。互いの幸せを願ってすれ違う２人だけど…？命の大切さ、家族や友人との絆の大切さを教えてくれる感動の大ヒット作！

ISBN978-4-8137-1628-0／定価781円（本体710円+税10%）

『愛を知らぬ令嬢と天狐様の政略結婚二～幸せな二人の未来～』　クレハ・著

名家・華宮の当主であり、伝説のあやかし・天狐を宿す青葉の花嫁となった真白。幸せな毎日を過ごしていた二人の前に、青葉と同じくあやかしを宿す鬼神の宿主・浅葱が現れる。真白と親し気に話す浅葱に嫉妬する青葉だが、浅葱にはある秘密と企みがあった。二人に不穏な影が迫るが、青葉の真白への愛は何があっても揺るがず――。特別であるがゆえに孤高の青葉、そして花嫁である真白。唯一無二の二人の物語がついに完結！

ISBN978-4-8137-1629-7／定価704円（本体640円+税10%）

スターツ出版文庫　好評発売中!!

『鬼の生贄花嫁と甘い契りを六　～ふたりの愛を脅かす危機～』　湊 祥《みなとしょう》・著

鬼の若殿・伊吹と生贄花嫁の凛。同じ家で暮らす伊吹の義兄弟・鞍馬。幾度の危機を乗り越え強固になった絆と愛で日々は順風満帆だったが「俺は天狗の長になる。もう帰らない」と鞍馬に突き放されたふたり。最凶のあやかしで天狗の頭領・是界に弱みを握られたようだった。鞍馬を救うため貝姫姉妹や月夜見の力を借り立ち向かうも敵の力は強大で――。「俺は凛も鞍馬も仲間たちも全部守る。ずっと笑顔でいてもらうため、心から誓う」伊吹の優しさに救われながら、凛は自分らしく役に立つことを決心する。シリーズ第六弾！

ISBN978-4-8137-1630-3／定価726円（本体660円+税10%）

『雨上がり、君が映す空はきっと美しい』　汐見夏衛《しおみなつえ》・著

友達がいて成績もそこそこな美雨は、昔から外見を母親や周囲にけなされ、目立たないように“普通”を演じていた。ある日、映研の部長・映人先輩にひとめぼれした美雨。見ているだけの恋のはずが、先輩から部活に誘われて世界が一変する。外見は抜群にいいけれど、自分の信念を貫きとおす一風変わった先輩とかかわるうちに、“新しい世界”があることに気づいていく。「君の雨がやむのを、ずっと待ってる――」勇気がもらえる感動の物語！

ISBN978-4-8137-1611-2／定価781円（本体710円+税10%）

『一生に一度の「好き」を、永遠に君へ。』　miNato《みなと》・著

余命わずかと宣告された高校1年生の葵は、家を飛び出して来た夜の街で同い年の咲と出会い、その場限りの関係だからと病気を打ち明けた。ところが、学校で彼と運命的な再会をする。学校生活が上手くいかない葵に咲は「葵らしく今のままでいろよ」と言ってくれる。素っ気なく見えるが実は優しい咲に葵は惹かれるが、余命は刻一刻と近づいてきて…。恋心にフタをしようとするが、「どうしようもなく葵が好きだ。俺にだけは弱さを見せろよ」とまっすぐな想いを伝えてくれる咲に心を揺さぶられ――。号泣必至の感動作！

ISBN978-4-8137-1612-9／定価781円（本体710円+税10%）

『鬼神の100番目の後宮妃～偽りの寵妃～』　皐月《さつき》なおみ・著

貴族の娘でありながら、家族に虐げられ、毎夜馬小屋で眠る18歳の凛風。ある日、父より義妹の身代わりとして後宮入りするよう命じられる。それは鬼神皇帝の暗殺という重い使命を課せられた生贄としての後宮入りだった。そして100番目の最下級妃となるが、99人の妃たちから嘲笑われる日々。傷だらけの身体を隠すため、ひとり湯殿で湯あみしていると、馬を連れた鬼神・暁嵐帝が現れる。皇帝×刺客という関係でありながら、互いに惹かれあっていき――「俺の妃はお前だけだ」と告げられて…⁉ 最下級妃の生贄シンデレラ後宮譚。

ISBN978-4-8137-1613-6／定価748円（本体680円+税10%）

スターツ出版文庫　好評発売中!!

『後宮の幸せな転生皇后』　香久乃《かくの》このみ・著

R-18の恋愛同人小説を書くのが生きがいのアラサーオタク女子・朱音。ある日、結婚を急かす母親と口論になり、階段から転落。気づけば、後宮で皇后・翠蘭に転生していた！皇帝・勝峰からは見向きもされないお飾りの皇后。「これで衣食住の心配なし！結婚に悩まされることもない！」と、正体を隠し、趣味の恋愛小説を書きまくる日々。やがてその小説は、皇帝から愛されぬ妃たちの間で大評判に！ところが、ついに勝峰に小説を書いていることがバレてしまい…。しかも、翠蘭に興味を抱かれ、寵愛されそうになり——!?

ISBN978-4-8137-1614-3／定価770円（本体700円+税10%）

『私を変えた真夜中の嘘』

不眠症の月世と、“ある事情”で地元に戻ってきたかつての幼馴染の弓弦。（『月よ星よ、眠れぬ君よ』春田モカ）、“昼夜逆転症”になった栞と、同じ症状の人が夜を過ごす“真夜中ルーム”にいた同級生の旭。（『僕たちが朝を迎えるために』川奈あさ）、ビジネス陽キャの葉月と、クラスの人気者・颯馬。（『なごやかに息をする』雨）、人気のない底辺ゲーム実況者の周助と、彼がSNS上で初めて見つけた自分のファン・チトセ。（『ファン・アート』夏木志朋）、真夜中、嘘から始まるふたりの青春。本音でぶつかり合うラストに涙する！心救われる一冊。

ISBN978-4-8137-1600-6／定価737円（本体670円+税10%）

『最後の夏は、きみが消えた世界』　九条蓮《くじょうれん》・著

平凡な日々に退屈し、毎日を無気力に過ごしていた高校生の壮琉《たける》。ある放課後、車にひかれそうな制服の美少女を救ったところ、初対面のはずの彼女・弥凪《みなぎ》は「本当に、会えた……」と呟き、突然涙する。が、その言葉の意味は誤魔化されてしまった。お礼がしたいと言う弥凪に押し切られ、壮琉は彼女と時間を過ごすように。自分と違って、もう一度人生をやり直すかのように毎日を全力で生きる弥凪に、壮琉は心惹かれていく。しかし、彼女にはある秘密があった…。タイトルの意味、ラストの奇跡に二度泣く！世界を変える究極の純愛。

ISBN978-4-8137-1601-3／定価814円（本体740円+税10%）

『鬼の軍人と稀血の花嫁〜桜の下の契り〜』　夏《なつ》みのる・著

人間とあやかしの混血である“稀血”という特別な血を持ち、虐げられてきた深月。訳あって“稀血”を求めていた最強の鬼使いの軍人・暁と契約し、偽りの花嫁として同居生活を送っていた。恋に疎い深月は、暁への特別な感情の正体がわからず戸惑うばかり。一方の暁は、ただの契約関係のはずが深月への愛が加速して…。そんな中、暁の秘められた過去の傷を知る幼馴染・雛が現れる。深月が花嫁なのが許せない雛はふたりを阻むが、「俺が花嫁にしたいのは深月だけだ」それは偽りの花嫁として？それとも…。傷を秘めたふたりの愛の行方は——。

ISBN978-4-8137-1602-0／定価726円（本体660円+税10%）

スターツ出版文庫　好評発売中!!

『余命わずかな花嫁は龍の軍神に愛される』　一ノ瀬亜子《いちのせあこ》・著

帝都の華族・巴家当主の妾の子として生まれてきた咲良は義母に疎まれ、ふたりの義姉には虐げられ、下女以下の生活を強いられていた。ある日、人気のない庭園で幼いころに母から教わった唄を歌っていると「――貴女の名を教えてくれないか」と左眼の淡い桜色の瞳が美しい龍の軍神・小鳥遊千桜に声をかけられる。千桜は咲良にかけられた“ある呪い”を龍神の力で見抜くと同時に「もう俯く必要はない。俺のもとに来い」と突然婚約を申し込み――⁉余命わずかな少女が龍神さまと永遠の愛を誓うまでの物語。

ISBN978-4-8137-1603-7／定価726円（本体660円+税10%）

『大嫌いな世界にさよならを』　音《おと》はつき・著

高校生の絃は、数年前から他人の頭上にあるマークが見えるようになる。嫌なことがあるとマークが点灯し「消えたい」という願いがわかるのだ。過去にその能力のせいで友人に拒絶され、他人と関わることが億劫になっていた絃。そんなある時、マークが全く見えないクラスメイト・佳乃に出会う。常にポジティブな佳乃をはじめは疑っていたけれど、一緒に過ごすうち、絃は人と向き合うことに少しずつ前向きになっていく。しかし、彼女は実は悲しい秘密を抱えていて…。生きることにまっすぐなふたりが紡ぐ、感動の物語。

ISBN978-4-8137-1588-7／定価737円（本体670円+税10%）

『余命半年の君に僕ができること』　日野祐希《ひのゆうき》・著

絵本作家になる夢を諦め、代り映えのない日々を送る友翔の学校に、転校生の七海がやってきた。七海は絵本作家である友翔の祖父の大ファンで、いつか自分でも絵本を書きたいと考えていた。そんな時、友翔が過去に絵本を書いていたこと知った七海に絵本作りに誘われる。初めは断る友翔だったが、一生懸命に夢を追う七海の姿に惹かれていく。しかし、七海の余命が半年だと知った友翔は「七海との夢を絶対に諦めない」と決意して――。夢を諦めた友翔と夢を追う七海。同じ夢をもった正反対なふたりの恋物語。

ISBN978-4-8137-1587-0／定価715円（本体650円+税10%）

『鬼の花嫁　新婚編四～もうひとりの鬼～』　クレハ・著

あやかしの本能を失った玲夜だったが、柚子への溺愛っぷりは一向に衰える気配がない。しかしそんなある日、柚子は友人・芽衣から玲夜の浮気現場を目撃したと伝えられる。驚き慌てる柚子だったが、その証拠写真に写っていたのは玲夜にそっくりな別の鬼のあやかしだった。その男はある理由から鬼龍院への復讐を誓っていて…⁉花嫁である柚子を攫おうと襲い迫るが、玲夜は「柚子は俺のものだ。この先も一生な」と柚子を守り…。あやかしと人間の和風恋愛ファンタジー第四弾‼

ISBN978-4-8137-1589-4／定価671円（本体610円+税10%）

スターツ出版文庫　好評発売中!!

『冷血な鬼の皇帝の偽り寵愛妃』　望月《もちづき》くらげ・著

鬼の一族が統べる国。紅白雪は双子の妹として生まれたが、占い師に凶兆と告げられ虐げられていた。そんな時、唯一の味方だった姉が後宮で不自然な死を遂げたことを知る。悲しみに暮れる白雪だったが、怪しげな男に姉は鬼の皇帝・胡星辰に殺されたと聞き…。冷血で残忍と噂のある星辰に恐れを抱きながらも、姉の仇討ちのために入宮する。ところが、恐ろしいはずの星辰は金色の美しい目をした皇帝で!? 復讐どころか、なぜか溺愛されてしまい――。「白雪、お前を愛している」後宮シンデレラストーリー。

ISBN978-4-8137-1590-0／定価671円（本体610円+税10%）

『余命一年、向日葵みたいな君と恋をした』　長久《ながひさ》・著

「残り少ない君の余命、私と過ごさない？」先天的な心臓の病で生きる希望のなかった耀治に声をかけてきた同級生の日向夏葵。死ぬ際に後悔を残したくなかった耀治は友達をつくらず趣味の写真だけに向き合っていたが、夏葵から耀治の写真には何かが足りない指摘され、その答えを探すため残りの余命で夏葵と様々な場所に出かけるように。行動を共にするうちに向日葵のように明るい夏葵に惹かれていく。「僕は、君と過ごした証を残したい」しかし彼女にはある切ない秘密があって――。ラストに号泣必至の純愛物語。

ISBN978-4-8137-1574-0／定価792円（本体720円+税10%）

『雨上がりの空に君を見つける』　菊川《きくかわ》あすか・著

高1の花蓮は人の感情が色で見える。おかげで空気を読むのが得意で、本音を隠して周りに合わせてばかりいた。そんな中、何故か同級生の蒼空だけはその感情の色が見えず…。それに、自分と真逆で意思が強く、言いたいことをはっきり言う蒼空が苦手だった。しかし、本音が言えない息苦しさから花蓮を救ってくれたのは、そんな蒼空で――。「言いたいこと言わないで、苦しくならないのかよ」花蓮は蒼空の隣で本当の自分を見つけていく。そして、蒼空の感情だけが見えない理由とは…。その秘密、タイトルの意味に涙する。感動の恋愛小説。

ISBN978-4-8137-1575-7／定価704円（本体640円+税10%）

『冷酷な鬼は身籠り花嫁を溺愛する～幸せな運命～』　真崎奈南《まさきなな》・著

現世で一族から虐げられていた美織は、美しき鬼の当主・魁の花嫁となる。あやかしの住む常世で生きるためには鬼の子を身籠る必要があり、美織は息子の彗を生み、魁からは溺愛される日々を送っていた。そんな中、元当主である魁の父と義母に対面する。美織は魁の義母に人間がゆえ霊力が低いことを責められてしまう。自分は魁の妻としてふさわしくないのではと悩む美織。しかし魁は「自分を否定するな。俺にとって、唯一無二の妻だ」と大きな愛で包んでくれて…。一方、彗を狙う怪しい影が忍び寄り――。

ISBN978-4-8137-1576-4／定価682円（本体620円+税10%）

書店店頭にご希望の本がない場合は、書店にてご注文いただけます。